ハヤカワ文庫JA
〈JA1537〉

走馬灯のセトリは考えておいて

柴田勝家

早川書房

8880

目次

走馬灯のセトリは考えておいて

オンライン福男

◆オンライン福男選びって？

毎年、正月十日に行われるのが十日戎《とおかえびす》の行事です。

特に有名なのが兵庫県の西宮《にしのみや》神社のもので、午前六時の開門と同時に本殿に向けて人々が駆け出す様は恒例となっています。いわば福の神である恵比寿に誰よりも早く詣《もう》でることで、その年で一番の福を得るというものですが、これが次第に競い合うようになりレースの形となったのです。

しかしながら、これも二〇年代のコロナ禍によって一度は途絶えてしまいました。正門前に多くの人々が密集することを避けざるをえませんでした。もちろん西宮神社のものは今でこそ再開していますが、一方で同様の福男選びの行事を続けていた神社のなかで独自の発展を遂げたものもあります。

それが大阪府の大津戎神社で行われる、オンライン福男選び神事です。

◆オンライン福男選びのはじまり

二〇二二年の一月十日に開催されたのが、第一回のオンライン福男選びです。

この前年、大津戎神社は恒例の福男選び行事の中止を発表するのと同時にオンライン上での初開催を告知しました。当時は今ほどに派手なものではなく、神社側が用意したホームページに誰よりも早くアクセスするという地味な形でした。あくまでもコロナ禍への一時的な対応でしかなく、神社側の善意によって開催されるはずのものでした。

それでも近隣住民以外も参加できるとあって、また物珍しさからSNS上で話題となり、当然午前六時のウェブページ公開と同時に数千人規模のアクセスがあったのです。そして当然ながら、神社側のサーバーが耐えられるはずもなく、無数の人々が真っ白なページを何度も読み込むという光景が繰り広げられました。

行事としては失敗ではありましたが、これがかえって話題となり、大津戎神社のホームページにアクセスしようと奮闘する者、それをSNSで囃《はや》す者、あとからウェブ上の記事で顚末《てんまつ》を見て初笑いにする者など、多くの人々の目に留まったのです。中でも福男が登場した際は大いに盛り上がりました。

午前六時八分、ハンドルネーム・五月雨ガエルさんがアップロードした画像には、大きく「1」の文字が表示されたアクセスカウンター（当時でも時代遅れのものでした）が映っていました。ついに登場した福男にSNSは沸き立ち、さらに五月雨ガエルさんが女性であったことでニュースにも取り上げられたのです。福男選び行事はもとから女性も対象ではありましたが、全国においても福女が選ばれるのは初めてのことだったからです。肉体的な競走ではなく、ウェブ上でのアクセスの速さを競ってこその出来事でした。

また後に大津戎神社のウェブページに掲載された五月雨ガエルさんの言葉も印象的で、早くも第二回以降のオンライン福男選びへの期待が高まることになりました。最後に、ここでも五月雨ガエルさんの言葉を引用します。

「普段から推しが出るライブや舞台とかのチケット戦争に勝っているので自信はありました。嬉しいです」

ちなみに彼女には、神社から福笹と三〇キロのお米が贈呈されたとのこと。

◆第二回、進化する競技

オンライン福男選びが大きく変化したのは第二回からでした。

この年、ウェブ上では福男選び行事がネットミーム化し、様々な場所で似たような競走が行われていました。特に発展したのはVRを使ったバーチャル空間での競走で、実際の大津戎神社のレースを模したチャットスペースを作ったユーザーも現れました。

ウェブデザイナーの瀬田アツヲ氏もその一人で、自身が作ったレース会場を使って福男選びを定期的に開催していました。そんな彼に声をかけたのが、大津戎神社の氏子《うじこ》総代でもある戎町神明会の会長・斎藤静夫氏で、第二回のオンライン福男選びで瀬田氏のチャットスペースを使いたいという提案をしました。

瀬田氏はこの申し出を引き受け、九月から第二回大会の準備を神社側と共同で行いました。既存のワールドに大津戎神社を再現し、レース会場にもなっている戎町商店街を作っていきました。開催費用もクラウドファンディングで募り、バーチャル空間に神社が建立《こんりゅう》された際には、大津戎神社の中沢宮司《ぐうじ》がアバターをまとってバーチャル地鎮祭《じちんさい》を執り行ったりと、ウェブ上の盛り上がりと歩調を合わせていきました。

やがて十二月中頃にバーチャル大津戎神社が公開されると、年初の熱狂を覚えていたネットユーザーたちが大挙して押しかけ、さながら福男選び行事の予行演習といった風情になりました。特に瀬田氏の遊び心から生まれたトラップの数々（商店街のあちこちから巨大な玉が転がってくるといったもの）は人気で、ゲーム性もあいまって本番を楽しみにする人々が増えていきました。

やがて一月十日、先年よりも実際の参加者は減ったものの、より多くの人々が注目するオンライン福男選びが始まりました。バーチャル空間にログインすると同時に、アバターをまとった参加者は封鎖されたスペースに隔離されました。美少女や可愛らしい動物、または全身タイツで奇怪な踊りを披露する者など、見ているだけで楽しげな人々が集まり、ボイスチャットで笑い合っているのです。この模様は映像で配信され、およそ数万人の人々が見守っていました。ある意味では、この瞬間こそがオンライン福男選びの最高潮だったのかもしれません。

やがて午前六時になると、封鎖されていた部屋が開放され、アバターたちはバーチャル空間を駆け出しました。お互いのアバターの干渉などお構いなしに、テクスチャのモザイクが団子状になって飛び出してきました。

しかし残念ながら、この瞬間には既に、第二回のオンライン福男選び行事は失敗していたのです。

参加者の一人が、バーチャル本殿で待つ中沢宮司のアカウントを指名してワープコマンドを実行したのです。商店街で落とし穴にはまっていく参加者を横目に、その人物はゼロコンマで宮司の隣にまで飛んでいきました。

これはまったくの不手際で、チャットスペース内でワープ機能を切っておくだけで防げた事態でした。しかし、実際に福男選び行事を取り仕切っていた神社側が、こういった使い方を想定していなかったのです。

それでもまだ、その一人を失格とすればレースとして成り立っていたかもしれません。しかし、中沢宮司がアバター姿であたふたとしている間に、動画配信の視聴者がワープのことを参加者に伝えていたのです。そうなると真剣にレースを続けている方は少数派となり、開始から一分後には約半数の参加者が本殿に集まっていました。

こうして第二回のオンライン福男選び行事は終了しました。

もちろんネット上では一部のユーザーの行動が非難され、一方ではそれも使える機能の範囲内ということで擁護されるなど、いわゆる炎上騒動にまで発展しました。

これに対応したのが前述の氏子総代の斎藤氏で、彼は新年早々のめでたい行事に水を差すのはいかがなものかということで、第二回においては参加者全員を福男とするよう取り決めました。これには世間も「さすが神社、まさしく神対応」などと納得の声が上がり、おまけに数千人分の福笹をアバターのアイテムとして配布することで事なきを得たのです。

ちなみに、副賞のお米三〇キロについては希望者がいれば郵送する手はずになったものの、さすがに一人あたり約八グラムでは誰も欲しがらなかったようでした。

◆一つの伝説、純粋性の到達点

第三回大会を語る上で外せないのは、あの伝説的な四連覇を果たした厚木ドラゴン氏の存在です。

この時期になると、世間ではコロナ禍も落ち着いていて、本来の人間同士が競走する行事に戻すかどうかの議論が過熱しました。実際、福男選びの本家とも言える西宮神社では既に昔の形式で再開されていました。

しかし、大津戎神社のオンライン福男選びというのは無二のものであり、ここで安易に戻すよりも一つの名物にした方が良いのではないかという意見が大勢を占めていました。

そうした意見を代表するかのように、年に一度の福男選びを純粋にスポーツとして楽しむような、アスリート精神を持った参加者が現れていました。

「これは可能性の競技だ」

その書き出しで、Ｗｅｂライターでもあった厚木ドラゴン氏はオンライン福男選びの意義を以下のように語りました。

「とにかく足の速い人間が勝つ。そんな時代は終わったんだ。オンライン福男選びは男女の違いも、若さも関係ない。身体的なハンデもなくはないが、ウェブ上なら補助が利くし、ある程度は同じスタートラインに立てるんだ」

そのストイックな姿勢はまさにアスリートのものでした。当時はｅスポーツの潮流もあり、バーチャル世界での競技についても大きく注目されていました。

しかし、そんな厚木ドラゴン氏でも第三回大会で起きた悲劇は避けて通れませんでした。それは今では〝タイタンの襲撃〟として福男選び界隈《かいわい》では有名な事件となっています。

「そう、同じスタートラインには立てる。ただレース中のアレは予想外だったけど」

厚木ドラゴン氏が見たものは、戎町商店街を歩いてくる巨人でした。それは参加者の一人がアバターの表示サイズを数万単位にしたもので、まさしく空より高い美少女が後ろから迫っていたのです。

「急に画面がカクついて、ＰＣが物凄い唸り声を上げ始めたんだ。背後を見ればテクスチャたっぷりの巨人がいる。やられた、って思った。並のＰＣを使っている参加者は処理が追いつかずに次々と落ちていく。巨人に踏まれるみたいにさ」

巨人が画面内に現れるたびに後続参加者のマシンがクラッシュしていきました。阿鼻叫喚《あびきょうかん》の中、それでも厚木ドラゴン氏は本殿へと辿り着き、その年の福男となりました。

「正直、マシンスペックで勝っただけ。これが並のゲーム機なら耐えられなかった」

コンシューマーゲームを憎んでいるという厚木ドラゴン氏ならではのコメントは、いくらかの反発を生みました。実際、次の大会からはドラゴン潰しとも言える、徹底的なマークが始まっていました。しかし、彼女の知恵と工夫、そしてアスリート的な努力と研鑽《けんさん》がものを言う結果となりました。

「今回の大会で、巨人は滅んだだろう」

これは第四回大会を制し、見事に連覇を果たした厚木ドラゴン氏のコメントです。

巨人戦争とも呼ばれる第四回大会では、スタートと同時に無数の参加者がアバターの表示サイズを何万倍にも大きくし、猛然と駆け出しました。もちろん巨大化させた時点で、その参加者が一番福を得られる可能性はほぼゼロになります。彼らは福男を目指すのではなく、この競走そのもの、そして厚木ドラゴン氏を試してきたのです。そのため前年と同様、この時点でマシンスペックの及ばない参加者は脱落していきました。

しかし、厚木ドラゴン氏はこの事態を予定していました。

「こっちの設定で他の参加者のアバター表示をオフにした。あとは解像度も最低限にすれば、余計なものは見ないで済む」

彼女の画面には他の参加者はおらず、ただ一人で孤独に書き割りじみたバーチャル商店街を駆けていたのです。一流のアスリートが周囲のノイズを感じなくなるのと同じで、いわば彼女は自らの工夫でゾーンに突入したともいえます。

この作戦を卑怯《ひきょう》だと言う者はいませんでした。何故なら、この戦法を成立させるためには、コースの完全な暗記と、見えづらくなったトラップを回避するための反射神経が必要だからです。厚木ドラゴン氏は圧倒的な練習によって、既にコースを体に覚え込ませていたのです。

そして純粋に福男を目指す参加者たちは、この厚木ドラゴン氏の戦法を徹底的に研究しました。

続く第五回、第六回大会では、巨人の生き残りたちが僅かに走っていたものの、ほとんどの参加者が解像度を最低にして孤独なレースを始めたのです。参加者は音も映像もない暗闇を、体に染み込ませた感覚だけで走り切る能力が求められていたのです。それでも、さらに研鑽を積んだ厚木ドラゴン氏に敵《かな》う者はなく、この年も彼女が一番福となり、奇跡の四連覇を果たしたのです。

しかし、次の第七回大会を最後に厚木ドラゴン氏の時代は終わりを迎えます。

最高のマシンスペック、何もない空間でも自身を見失わない精神力、正確にコースを選び取る判断力、そして人間の持てる限界の反射神経。最速の環境を作り上げるのに必要なもの全てを、厚木ドラゴン氏は有していました。

ただ一つ、彼女の五連覇を阻《はば》んだのは天でした。

「あの時の福男選びは今でも心残り。自分の出自すら恨んだよ」

その日、厚木ドラゴン氏が暮らしている神奈川県に雪が降りました。翌日には溶けてしまうような雨まじりの雪は、ほんの少し、ただ僅かに回線速度を落としたのです。

「有線にしておけば良かったんだ。でも、今まで雪の中でオンライン福男選びに参加してこなかったから、想定できてなかった」

既にトップ層の実力は僅差《きんさ》でした。誰かが一つでもミスを犯せば順位が変わってしまうような状況で、それでも完璧に近い挙動でレースを制していた厚木ドラゴン氏は、ただ回線速度によって遅れてしまったのです。

そこで抜け出したのは前年の二番福だったＭｏｔ氏で、事前の模擬練習では厚木ドラゴン氏にも何度か勝利している強豪でした。そして彼が判断を誤ることはありませんでした。

「オンライン福男選びは平等なスポーツだって信じてた。でもコンディションなんかは平等になるわけがない。もし全く同じ体型で、全く同じ人生を送ってきた人間が相手だって、一瞬の状態次第で勝敗は変わる。ただ、それだけ」

Ｍｏｔ氏に破れ、二番福となった厚木ドラゴン氏のこのコメントは物議を醸しました。

しかし彼女は敗北の言い訳を述べたわけではなく、そうした不条理へ立ち向かう覚悟の表明、いわば宣戦布告でありました。

ちなみに、厚木ドラゴン氏はその後、最高の回線環境を求めて一年の内に四度の引っ越しを行ったとのこと。

◆ＭＫ時代、拡張される世界

前回の大会の後、厚木ドラゴン氏は第一線から姿を消しました。厚木ドラゴン氏の存在は伝説となり、代わってオンライン福男選びに新しい時代が訪れました。

第七回から第十二回までのオンライン福男選びでは、新鋭ケリサキ氏と強豪Ｍｏｔ氏が交代で福男となりました。

両者の実力は拮抗《きっこう》し、後にＭＫ時代と呼ばれる全盛期を作り上げます。一方、第八回の三番福につけた命イッキ氏や、第十回の三番福である赤色ワイ星氏など、その後のレースで福男に選ばれた強豪たちも頭角を現していました。

ここで特筆すべきは第十一回大会で、それまで既存のVRスペースを用いていたものが、新しいプラットフォームに移り変わったことです。

これまでもコースに多少の変化はありましたが、今回は大津戎神社を宇宙へ飛ばしたことで全く違う世界を表現できました。この時にはVRデザインの第一人者となっていた瀬田アツヲ氏が、今一度、オンライン福男選びのワールドを構築するとあって大いに盛り上がったのです。

瀬田氏が作り上げた宇宙は太陽系を再現したもので、参加者は光の速さで走ることになりました。朝六時になるのと同時に地球を飛び出した人々は、ほんの一秒程度で月を越え、戎町商店街を模した宇宙の塵《ちり》を駆け抜けて、約五分後に本殿のある火星へと到達します。相対的な距離は変わらないものの、空間的な広がりは遥かに増大し、この前年には姿を消していた巨人たちが息を吹き返したのも特徴的な光景でした。

それまでの単調さを払拭《ふっしょく》した、この劇的な変化に参加者も十分に適応しました。既にオンライン福男選びに参加する人々は自前で高性能のデバイスを用意していましたし、そうでなくともリモート端末は十分に普及していました。

しかし、ただ一つの誤算は、宇宙を模したVRスペースの広大さによって精神的な脱落者が多く生まれてしまった点でした。

「ちょうど月を越えた瞬間から、スタートラインで並んでいた人たちが散っていったんです。コースの距離自体は例年と変わらないのに、それまで慣れていた道が消えて、宇宙の中を手探りで進むしかありませんでした。それも周囲には誰もいない、星しか見えない暗い世界で。でも大事なことは、どれだけ離れていても皆が近くにいるって気づくことでした」

そう語るＭｏｔ氏は、第十一回大会の一番福に選ばれましたが、それは彼自身が何もない状態を乗り越えた証拠でもありました。

「ボクが若い頃にコロナがあって、とにかく誰もが離れようって風潮だったんです。今日、一人で暗い宇宙の中を走っていて当時の気持ちを思い出しました。友人とも会えないし、仕事も自分だけで完結してました。だから自分がどこにもいないんじゃないか、って、ずっと不安だった、そんな気持ちです。でもレースの終盤、本殿がある火星が近づくにつれて、周囲に人々の姿が見えたんです。それで気づいたんですね。ボクがオンライン福男選びに命を燃やしてたのは、こんな風に、離れている誰かと同じ場所を一緒に目指していることが嬉しかったからだ、って」

Ｍｏｔ氏はオンライン福男選びの意義を、他者との繋がりに見出しました。彼は他者と競い合う中で、自分の位置を定めることが福をもたらすと考えたのです。

一方、翌年の第十二回大会で一番福となったケリサキ氏もまた、Ｍｏｔ氏と同じく福男選びの意義を周囲の人との関係性の中に置きました。

「福男選びを続けてると、不思議な連帯感みたいなものが生まれるんですよ。一年に一度しか会わない、まぁ練習とかで顔を合わせることもあるけど、絶対に会える日は一月十日って決まってる。そんなことを繰り返してると、いつしか親戚みたいに思えてくる。遠くにいても近くにいるような存在っていうか」

まさにコロナ時代の後に生まれた人たちが成人を迎えようとする今、この二人の視点は大事なものと言えるでしょう。今では家族の形も様々で、別々に暮らすことも当たり前、中には全てオンライン上の交流で済ませる人たちもいます。

オンライン福男選びは、その競技性を増していく中で、まさに現代社会が抱える問題へ一つの答えを出したのかもしれません。

そんなＭＫ時代でしたが、翌年には終焉《しゅうえん》を迎えます。

第十三回大会では、オンライン福男選びのコース規模が大きくなり、ゴールであるバーチャル大津戎神社の本殿も銀河系の中心に移動しました。参加者は一月十日の午前六時から、光速の数千倍の速さで駆け出し、ほんの一歩で太陽系を越えて、数秒でプロキシマ・ケンタウリ系にまで到達します。

しかし、相対的な距離は変わらないものの、バーチャル空間に等倍スケールで再現された銀河系は人間の認知能力を超えてしまっていました。光速の数千倍で移動できるとはいえ、広い銀河系の中にある小さな神社を見つけるということは、広い砂漠の中に落ちた針を探すような行為だったのです。

なお不運だったのは、神社の座標を決めた宮司の中沢氏がパスワードを書いた紙を誤って無くしてしまったことです。座標入力によるワープを防ぐ目的でしたが、一転して、誰一人として神社の場所がわからないという結果に繋がりました。

一月十五日、レース開始から五日が経った時点で第十三回大会の中止が正式に発表されました。既に大半の参加者が諦めていましたが、なおもケリサキ氏が残って銀河系を走り回っていたのです。

「僕はケリサキさんが連覇するのを信じてますよ」

既に棄権していたMot氏の言葉は、孤独に宇宙を彷徨《さまよ》っているケリサキ氏へのエールでもありました。事実、開催から五年が経とうとしている今でも、彼は大津戎神社の捜索を続けているのです。

いずれにしても、ケリサキ氏が宇宙へ旅立ったことでMK時代は終わり、次世代へとバトンが受け継がれていきます。

第十四回からは前年の失敗を防ぐべく、コースを再び地球規模にまで戻し、それでいて世界中の都市を巡る形に変更されました。参加者のスタート地点はバラバラで、アマゾンの奥地やサハラ砂漠に送られる者や、南極から走り出す者もいました。もちろん、どの地点から始めても、ゴールである日本の大津戎神社までの相対的な距離は同じです。

一見するとスケールダウンした第十四回大会ですが、何もない宇宙を走るよりも移動の実感が湧いたことで、多くの参加者にとって辛《つら》い大会となりました。そうした意味では、後に鉄人の異名で呼ばれた命イッキ氏が福男に選ばれたのも頷ける話です。

続く第十五回、第十六回大会では回線の魔術師と呼ばれた赤色ワイ星氏が連続で福男に選ばれたのは記憶にも新しいはずです。さらに今年の一月に行われた第十七回大会ではＴｓＴｓ氏が福男に選ばれました。彼は初の外国人福男でもあり、そのニュースは世界へと発信されたのです。

一昨年頃には既に、オンライン福男選びは伝統的な競技として世界に紹介され始めていました。ＴｓＴｓ氏の一番福は、外国人参加者の数が増えていた中での快挙でした。これは全世界的な通信網が完成したことの証拠であるとも言え、時差以外での地域差は存在しなくなりました。

「この競技に参加できて光栄に思っている。これまでフクという概念が理解できなかったが、優勝したことで見えたものもあるよ」

そう切り出したTsTs氏の大会後の言葉は、我々に福男選びの意義を改めて考えさせるきっかけにもなりました。

「フクは単なるラッキーじゃない。目に見えないものを求める、どこか神聖な行いなんだ」

オンライン福男選びが始まったのは、二〇年代のコロナ禍によってでした。

あの時代、人々は目に見えないものに不安を抱き、お互いに離れて生きることを選択しました。今や距離は人間にとって必要なものとなりました。一方、目に見えない福を得たいという願いによって福男選びは継続し、距離を越えて大勢の人々が集まる場となりました。ある意味では、この二つは表裏一体の存在だったのかもしれません。

そして来《きた》る第十八回大会では、我々は新しい伝説を目撃できるのかもしれません。

◆終わりに、新しい時代に向けて

今年の八月、驚くべき一報が世間を騒がせました。

「ついに大津戎神社の座標を特定した」

銀河の中心で姿を消したはずのケリサキ氏から、実に四年半ぶりの報告があったのです。今では銀河系の再現という部分だけが独立し、探査型バーチャル世界として使われていた第十三回会場、その中心からのメッセージでもありました。

「来年の一月十日、皆がここに来るのを待っている」

それはケリサキ氏からの挑戦状でした。この時点で第十三回の福男は彼に決定しましたが、同時に第十八回大会の一番福を得るための戦いが始まったのです。

有力参加者は大陸横断福男選びの覇者たる命イッキ氏、リベンジに燃える赤色ワイ星氏、世界大会へ出場を決めたＴｓＴｓ氏など、まだ姿を見せないダークホースも後ろに控えています。さらにはケリサキ氏のライバルたるＭｏｔ氏の帰還も期待されています。そして驚くべき情報はもう一つ。あの厚木ドラゴン氏の参戦表明もあったのです。

「結局、大津戎神社の近くに引っ越したんだ」

もはや回線の安定など無意味になっていましたが、それでも厚木ドラゴン氏は理想の地へ辿り着いていたのです。オンライン福男選びの関係者なら誰もが知る生きる伝説、そんな彼女の一言は、各地の有力参加者を焚きつけることになりました。

「僕らはゼロコンマの世界で生きている。ラグはないと信じているが、全力は尽くしたい」

こうコメントしたＴｓＴｓ氏は来日を決定し、同様に命イッキ氏も当日の大阪入りを表明、対する赤色ワイ星氏は既に現地で物件を借りたとのこと。その他、ＶＲ機器を持ち出して前夜から神社近くで待機しようとする参加者たちの声もあります。

この事態について、厚木ドラゴン氏は直前のインタビューでこのように語っています。

「正直、悩む。本末転倒の感がある。ここまで集まってるなら現実で走った方が手っ取り早い」

ちなみに、当の厚木ドラゴン氏は駅から大津戎神社に向かうまでの現実のコースでは地元の年配者に惨敗したとのことですが、本番では華麗な走りを再び見せてくれるのでしょうか。

いよいよ第十八回オンライン福男選びの開催まで、残すところ一ヶ月となりました。

クランツマンの秘仏

〈前文・日本の友人たちに向けて〉

ヨアキム・クランツマンという人物をご存知だろうか。貴方たちの国では忘れられた存在かもしれないが、彼はその生涯の三分の一を日本の秘仏研究に費やした人間だ。この文章が貴方たちに届くことがあるならば、どうか今一度、彼の業績を思い出して欲しい。それが私の何よりの望みだ。

1.

クランツマンの秘仏とは、信仰が質量を持つという一種の思考実験である。

その名称は、スウェーデン人の東洋美術学者ヨアキム・クランツマンに由来し、初めは彼が論文中で用いたジョークであり、後に彼が行った奇妙な実験そのものを指している。

一九六一年に訪日したクランツマンは、三重県にある伊勢波観音寺《いせなみかんのんじ》を訪れ、そこで開山以来およそ千二百年にわたって非公開とされてきた本尊の十一面観音像を調査することになった。

クランツマンは仏像の公開を求め、まず本尊の実在を確かめようとしたが、これに寺院側は許可を出さなかった。たび重なる交渉を経て、なお非公開を貫く寺院側に嫌気が差したのだろう、彼は論文の中で「この秘仏は間違いなく存在している。彼ら（僧侶たち）が信仰を保っている限りは」と冗談めかして語った。

このジョークから発展し、クランツマンの秘仏という言葉は「物質の実存には信仰が必要である」という思考実験となり、さらに逆転して「信仰さえあれば、いかなる物質も存在できる」という論へと結びつけられた。彼自身も「信仰実験」と称して、信仰と質量の関係を証明しようとしていた。これは個人の思念が物質に対し影響を及ぼす例として引き合いに出され、今では主にオカルトか疑似科学の文脈で言及されている。

クランツマン自身は、北欧における東洋美術研究史をまとめあげた優れた学者であったにもかかわらず、この一点のみを取り上げ、今では胡乱《うろん》な疑似科学の信奉者とみなされている。

その最たる例として挙げられているのが、クランツマンが残した「二枚のX線写真」についての謎だ。

縮小コピーされたそれは、一九六九年の七月、クランツマンが三度目の訪日時に撮影したもので、伊勢波観音寺の秘仏が納められた厨子《ずし》を写したものだった。

その一枚は厨子中の十一面観音像の像容を鮮明に捉えているが、もう一枚は全く空洞となった厨子を写している。同一の対象であるのに、秘仏の有無だけが違っている。

撮影時の順番が定かならぬ二枚の写真について、当時においても様々な意見が噴出した。

たとえば「秘仏が納められていたものが、後になって取り出された」とするものや、または「厨子は最初から空だったが、これを隠そうとした寺院側とクランツマンで共謀し、贋物を秘仏として後から入れた」というような現実的な説だ。

それらに対し、クランツマンを超心理学の権威と信じる立場のものたちは別の説を訴える。つまり「本来、秘仏は実在しなかったが、強い信仰心によって実存として仏像を生み出した」という意見だった。

もちろん、それを物理現象として鵜呑みにすることはできない。しかし、クランツマン自身の経歴を追い、いかにしてこの奇妙な思想を世に残したのかを問うことは重要である。

今なお多くの研究者がクランツマンの残した論文と理論を考察している。その多くは疑似科学の文脈であるが、ここでは客観的に彼の研究を検証していく。

特にクランツマンが晩年に行った「最後の信仰実験」こそ、彼の研究人生において特筆すべきものであったはずだ。いかにして彼がそこへ辿り着いたのか、今一度確かめていきたい。

2.

一九二〇年、ヨアキム・クランツマンはスウェーデンのイェーテボリで生まれた。

北海につながる西海岸の街であるイェーテボリは、古くから交易都市として栄え、ストックホルムに次ぐ第二の都市であった。クランツマンの父親は労働者階級で、郊外にあるハガ区で鉄工所に勤めていた。一方、彼の母親は教師であり、自分の子供も当然のように学問の道に進むことを期待していた。

その期待に添うように、クランツマンは幼くして英語の他にドイツ語とポーランド語を習得するなど、勤勉な少年期を過ごした。世界恐慌で国家という船が大きく揺れようとも、学問という揚げ綱を手放さないだけの分別があった。父親もそれを何より喜んだ。

ただし、その固い綱が時としてクランツマンの手を赤く傷つけることもあった。

彼が八歳の時、忘れ物を届けるために父親の仕事場へ行くことになった。その途中にある鉄の広場《ヤーントルゲット》で、クランツマンは生涯にわたって影響を及ぼす出会いを果たす。

その広場には最近になって作られた噴水があり、そこにオブジェとして五体のブロンズ像が飾られていた。ストリンドベリという美術家の作品で、それぞれヨーロッパ、アフリカ、アジア、アメリカ、オーストラリアの五大陸を表した女性の裸体像だった。

クランツマンが最初に目にしたのはアジアの女性像で、中華風あるいはインド風の髪飾りをつけ、スカートのまま両膝を左右に開いて足を組み、指を立てていた。作者はアジアの象徴としたつもりだろうが、その様式はまさしく仏像だった。

この女性像を見た時、クランツマンは言い様のない重苦しさと恥ずかしさを覚え――それは股を大きく開いた姿のせいかもしれないし、金属で表現された乳房の柔らかさのせいかもしれない――頬を真っ赤にして自宅へ逃げ帰った。

これが初恋だったとクランツマンは後に述べるが、事実、これ以降の彼は学問的興味を語学から東洋美術へと移していく。まさに運命の分かれ道になった。もしもクランツマンが最初に見たブロンズ像がオーストラリアの女性だったならば、彼は偉大なオセアニア美術の研究者になっていただろう。

そして、東洋美術に興味を抱いた少年にとって、イェーテボリという土地はいくらか親切だった。この街は東インド会社の出港地であり、貿易によってもたらされた中国の美術品が多く残っており、市内にあるルスカ美術館は多くの東洋美術を所蔵していた。クランツマンが美術館で見たものは明朝の中国で作られた布袋《ほてい》像で、それが本物の仏像との最初の出会いだった。

ただし、この布袋像を見た時、クランツマンは大きな感動を得られなかった。これは後のクランツマンの信仰実験の内容にもつながるが、布袋像について彼は「ただ軽いように感じた」と書き残している。無論、彼に初めての感動を与えたブロンズ像と比べれば素材からして軽いものになる。しかし、それ以上にクランツマンが感じたのは仏像の概念的軽さだったのだろう。それは約五百年前に作られた本物の仏像であり、ほんの数年前に制作された仏像とも言えないブロンズ像と比べられるものではない。

この二つの違いを求める内に、クランツマンは信仰の有無こそが物質に固有の霊的質量を与えるのだと考えるようになった。

つまり、布袋像の滑らかな肌の曲線は確かに本物の輝きを放っていたが、それは美術館の照明が与えた西洋的美学の反射だった。クランツマンが見たかったものは、中国奥地の寺院にあって、今なお信者が手向《たむ》けた線香に燻《いぶ》され、燈明によって幽《かす》かに浮かび上がるような、確かな信仰を伴った仏像の影だった。

では一方、彼が見たブロンズ像は誰に信仰されていたのか。それはクランツマン自身に他ならない。

彼の隣家にシーラという女性が住んでいた。クランツマンより三つ年長で、中流階級の家の娘だ。気の強い女性で、内気だった少年にとっては実姉のような存在だった。そして彼女こそが、クランツマンが憧れたブロンズ像の輝きの光源だった。

少年時代のクランツマンは年上のシーラに恋をしていた。彼女が特別にブロンズ像に似ていたわけではないが、その切れ長の目は両者を同じものに見せたのだろう。年下の幼馴染みに向ける、シーラの勝ち誇ったような硬質の視線、その表情のままに彼女がはしたない姿で固まっている。そうした妄想がクランツマンの心を惹きつけた。

この経験によって、クランツマンは後に「信仰と質量」の関係を考察するようになった。折しも、アインシュタインの一般相対性理論が受け入れられ始めた時期だった。ギムナジウムに通うようになったクランツマンは、質量と重力に密接な結びつきがあることを知った。とはいえ、その理論の基礎にあったのは、大きな質量を持つものは強い重力を持つという、実にニュートン力学的な解釈だった。彼は後の論文で「ある種の仏像には人を引きつける力（重力）があり、それは仏像ごとにある固有の霊的質量と比例している」と述べている。

クランツマンは重力を信仰の科学的な呼び替えであると捉え、さらに二つの関係を入れ替えて、強い信仰を持つものには大きな質量が宿ると提唱した。

あの布袋像が軽いものに思えたのは、それが美術品でしかなく、かつてあったはずの信仰が抜け落ちてしまったからで、対してブロンズ像に重さを感じたのは、彼自身がシーラに捧げた信仰が込められていたからだ。クランツマンはそう信じた。

いずれにせよ、この時期を境にしてクランツマンの人生に年上の幼馴染みと仏像の陰影が深く刻みつけられた。

一九三八年、クランツマンは市内にあるイェーテボリ大学に進んだ。専攻は東洋美術、漠然と興味を持っていた仏像文化を正しく学ぶつもりだった。しかし、世界中のどこであれ、この時代の若者にとって未来は約束されたものではなかった。

大学に入った直後、クランツマンは軍の徴兵を受けた。当時のナチスドイツに対し、スウェーデンは中立を貫いたが、それは十分な軍備があったからだ。確かにナチスへ鉄鋼を提供し、ソ連戦に際しては鉄道を明け渡したが、決して居心地の良いベッドを用意したわけではない。多くの学生たちと同じように、クランツマンもナチスの脅威に備えて軍事教練を受けた。

本心では、彼も学問に身を捧げたかったのかもしれない。だが、その彼を励ましたシーラ自身が、それより四年前に女性志願防衛隊《ロットルナ》として従軍していた。シーラを心から崇《あが》めるクランツマンにとって、彼女を戦場に送り出して、自分だけ大学に通うことなど許されなかった。

結局、第二次世界大戦でスウェーデンが戦火に巻き込まれることはなく、ナチス崩壊後の一九四五年には、クランツマンも大学に復学した。また二年後、彼はシーラとの婚姻を果たした。

クランツマンが大学を卒業し、ストックホルムにある東洋博物館に勤めるようになった頃、夫妻は首都の郊外に居を移し、正式に結婚生活を始めた。その年には二人の間に子供もできた。

戦後の空気は晴れやかで、社会民主労働党による福祉国家政策も実現し、周辺各国と歩調を合わせることで冷戦時代にも中立を保つことができた。

理想的な環境だった。クランツマンの職場は、ストックホルム宮殿を望むシェップスホルメン島にあり、そこにはインド、中国と朝鮮、日本の美術品が多く所蔵されている。コレクションの中心は考古学者ユハン・アンデショーンが中国から持ち帰ったものだが、西側諸国に加わった日本を知るための材料も豊富だった。

クランツマンは館長であるカールグレンの信頼を受け、主に仏像の同定作業に従事した。新たに持ち込まれたものも含め、博物館に所蔵されている仏像を精査し、その様式や制作年代をまとめ、巨大な目録を作っていった。それは今でも北欧の極東文化研究において重要な位置を占めている。

しかし、ここでもクランツマンは仏像の持つ霊的な質量を満足に感じられなかった。

東洋美術、それも仏像に対する深い学識はクランツマンを当該セクションの首席キュレーターに導いたが、それが与えてくれるものには限度があった。もちろん、少年時代に布袋像を見た時と比べれば、十分に感動を得られただろう。たとえ博物館という場所であっても、その仏像が経てきた由来を知ることで信仰の残光を見ることができた。それでも、やはり美術品としての仏像は本来の姿とは在り方が違う。クランツマンがそれらに感じる重さは、彼に課せられた責任よりずっと軽かった。

仕事にも慣れ、シーラとの間に第二子が生まれた頃、クランツマンは博物館で東洋文化研究会を主宰するようになった。インド哲学、中国仏教を学び、日本文化も大いに吸収していった。

そして一九五七年、日本にあるスウェーデン公使館が大使館へと昇格した。それと共に、クランツマンは妻子を連れて初めての訪日を果たす。彼としてはインドと中国も平等に魅力的だったが、日本の方が家族旅行の行き先として相応《ふさわ》しかった。

クランツマン一家は東京から京都へと移動し、大阪、奈良と主に関西で旅行を楽しんだ。妻であるシーラは着物を気に入り、十歳になる長男のテオドル、四歳の次男カールは二人してカボチャの天ぷらに舌鼓を打った。もちろん、クランツマン自身も古都の寺院を多く巡り、そこに残っている仏像の美を堪能した。

後の論文でクランツマンは「日本で初めて見た仏像は三十三間堂のもので、その威光は間違いなく私の中に流れる時間を停止させた」と当時のことを述懐している。

その感動は予想以上に大きかったのだろう。

これまで遠い北欧の国で見てきた仏像とは異なり、日本の寺院に鎮座するものは、今なお信仰を集めている仏の姿があった。クランツマンの観点から言えば、それは大きな質量を秘めた物体だった。それを抱いて海へと飛び込めば、二度と浮き上がってこられない。そうした実感を得た。

この初の訪日は、クランツマンにとって大いに満足いくものだったのかもしれない。しかし、この旅を終えた後になってから、彼は次第に漠然とした欠落感を覚えるようになっていく。日本的に言えば、彼は仏像の魔力に取り憑《つ》かれたのだろう。故郷に帰ってからも、彼は日本で撮影した仏像の写真を何度も見返していた。

これまで美術的観点でのみ接していた仏像に対し、クランツマンは宗教的な力を感じ取ってしまった。もちろん彼はスウェーデン国教会のキリスト教徒だったが、日曜礼拝に足が向かないことも多くある性分だった。その彼が、教義とは全く無関係に、ただ仏像という存在に神聖さを見出した。

より神聖な仏像を見たいというクランツマンの欲求は膨れ上がり、さらに中国とインドへの研究旅行を考えるようになる。そうした中で、彼は日本にある伊勢波観音という寺院を知った。その本尊たる仏像は、実に千二百年もの間、誰の目にも触れてこなかったという。

その事実がクランツマンを秘仏研究へと駆り立てた。

3.

伊勢波観音寺は、正式には龍仙山慈光寺《りゅうせんざんじこうじ》という。

三重県度会《わたらい》郡南勢《なんせい》町、五ヶ所《ごかしょ》湾に臨む龍仙山の中腹にある小さな真言宗系の寺院だが、その創建年代は八世紀に遡《さかのぼ》る古刹《こさつ》である。

寺伝によれば、その開基は坂上田村麻呂とされる。

田村麻呂は伊勢征伐を任され、近くの集落を荒らし回る多娥丸《たがまる》という名の鬼を攻めることになった。だが多娥丸は鬼ヶ城《おにがじょう》と呼ばれる砦に籠もり、さすがの英雄も手出しできない状況となった。その時、海から一人の童子が波を切って現れた。童子は鬼ヶ城の前で舞を披露し、それに興味を惹かれた多娥丸は砦から姿を現した。その瞬間を狙い、田村麻呂は矢を射かけ、無事に多娥丸を討ち取ることができた。この童子こそ、田村麻呂に加護をもたらした観音菩薩《ぼさつ》の化身であり、後には金色《こんじき》の仏像となったという。田村麻呂はその仏像を波観音として祀《まつ》り、近くの山に安置して寺院を建てた。

　これが慈光寺に語られる開山縁起だが、歴史的事実とは言い難い。

　多娥丸の伝承は南伊勢から熊野にかけて残り、別伝では金平鹿《こんぺいか》という鬼神を退治するものになっている。八世紀から九世紀にかけて、この地域が政治的に不安定になり、その武力鎮圧の様子を坂上田村麻呂という英雄に仮託したとみるのが一般的だ。

　一方、田村麻呂が観音信仰と結びつけられる例は多くある。京都にある清水寺は本尊を十一面千手観音像としているが、その創建には田村麻呂が関わっている。伝承によれば、もともと音羽山で修行する賢心《けんしん》という僧が観音菩薩を護持していたが、そこを訪れた田村麻呂が彼に帰依《きえ》し、自邸を寺院として寄進したのが清水寺の始まりだという。以来、田村麻呂自身も観音を崇め、彼が建立したと伝えられる寺院の多くが観音菩薩を本尊としている。ただし、十一面観音と千手観音を混同して伝えていることも多い。

　千手観音、十一面観音はともに六観音に数えられ、それらは観世音菩薩が六道全ての衆生救済のために姿を変えたものとされる。造像例では唐招提寺や粉河《こかわ》寺の千手観音像、長谷《はせ》寺や聖林《しょうりん》寺の十一面観音像などがある。

　この変化観音の思想は主に密教において語られ、今でも観音像を本尊とする寺院は密教系のものが多い。しかし、日本で観音信仰が始まったのは、空海、最澄らが密教を持ち込んだ時代より古く、奈良時代に広まった雑密——大陸から断片的に伝えられた密教思想——を端緒としている。

雑密は日本で山岳信仰と合流し、里を離れて深い山中で修行することを目的とした。

また加えて、秘仏という信仰形態も密教と日本的な思想が合流して生まれたとされる。崇めるべき本尊の姿を隠すのは、日本の神道において御神体を人目につかないようにするのに通じ、また仏像を民衆に見せず、その代替物を公開するのは顕教《けんぎょう》と密教の関係に近い。秘仏には数年から数十年に一度だけ開帳するものがあるが、中には決して公開されないものもある。後者は絶対秘仏と呼ばれ、例としては粉河寺の千手観音像や、東大寺二月堂の十一面観音像がある。珍しいものでは道成寺の秘仏たる北向《きたむき》観音像があり、この南北朝時代に作られた像の中には、さらに古く奈良時代の千手観音像が隠されていたという。

ここで話を振り返れば、秘仏とは神道的かつ密教的な信仰形態であり、その本尊としては十一面観音や千手観音などが多く、それは純正密教が伝来する以前の雑密や修験道《しゅげんどう》で盛んに崇められた。それは時代で言えば八世紀の中頃で、坂上田村麻呂が活躍した時代と重なっている。

以上の点を伊勢波観音寺に当てはめ、この寺院の由来を確かめていきたい。

伝承の通りならば同寺は八世紀に創建されたもので、山号の龍仙山が実際の山から取られていることから――日本の寺院での山号は所在地とは無関係の場合が多い――古くより山岳修験の霊場として開かれていた可能性がある。そして修験道の霊場であったのなら、そこに奈良時代の観音信仰が持ち込まれたことも頷ける。つまり、最初に同地で観音像が崇められていたことから、後になって観音菩薩と関係のある坂上田村麻呂の伝説が繋がったと考えられる。

では、この寺の本尊は何か。

それに関して残された情報は少ない。何故なら、この寺院の本尊も粉河寺や東大寺の例と同じく、絶対秘仏とされているからだ。同寺の創建を伝える唯一の資料である『波観音縁起』には金色の十一面観音像と記されているが、それが正しいのかはわからず、実際の仏像の像容も判然としなかった。

また文献では、波観音の本尊は秘仏であると伝えられていたが、その実在は長く確認されてこなかった。

江戸時代に伊勢の地誌を書いた安岡親毅《やすおかちかたけ》は、その著書『勢陽誌補遺《せいようしほい》』の中で、波観音について「本尊は秘仏にして、坂ノ上田村丸の奉安せしものと伝う。本像、余人に見たる者なし。寺僧に曰く、厨子の亡失して久しく伝来出処も相知らずとの由」と記述している。つまり、当時は本尊そのものの行方がわからない状況だったという。

それが世に現れたのは二十世紀に入ってからだった。

一九五九年、東海地方を襲った伊勢湾台風によって波観音寺にも大きな被害が出た。五千人以上の犠牲者を出した猛烈な台風は、この寺院の本堂も倒壊させた。この時、寺の被害を確かめに来た当時の住職は、瓦礫《がれき》となった本堂の中に異様なものを見つけた。

それは高さ二メートル弱、底部の一辺が一メートル四方、上部に屋蓋《おくがい》が飾られた箱だった。

使われている木材は古く、漆塗りの外壁は黒ずみ、観音開きとなっている扉の合わせは古紙によって封がなされていた。これこそ波観音の本尊を納めた厨子であり、これまで数百年もの間、本堂の天井裏に隠されていた存在だった。その事実に思い至った住職は、すぐさま人を呼んで厨子を避難所へ運び込んだ。

これまで秘されていた波観音の登場に、避難所で生活する多くの被災者が救われた。住職は避難所の近くに簡易な寺を建て、災害復興のための祈禱《きとう》を行った。その甲斐もあってか、翌年には水も引き、多くの人々が自宅に帰ることができた。

しかし、ここで一つの事件が起きた。

秘仏の霊験を確かめたい一部の信徒が、波観音の本尊を開帳すべきだと声を上げ始めた。伝承の通り、本尊が黄金の十一面観音像であったなら重要文化財ないし国宝に指定されるだろう。そうなれば伊勢波観音寺の復興は優先的に行われ、その周辺地域も整備される。そうした理知的な訴えを聞き届け、住職以下数名の寺僧の立ち会いのもと、まず厨子の中身を確かめようという動きが出た。

まさにその時、地球の裏側ではチリ地震が発生していた。およそ二十四時間をかけ、津波は三重県南部にも到達し、復興もままならない家々を襲った。それは寺僧の一人が、厨子を封印する古紙を剝がし始めた瞬間でもあった。

被害としては小規模なものだったが、寺院の関係者たちはこの事態に何か霊的なものを感じ取った。波観音という名前もあり、この本尊が世に出る時には大波が起こるのだと一部の者は信じ、もっと直接的な者は秘仏を暴こうとした祟《たた》りで津波が起きたのだと言い立てた。

いずれにせよ、この事態で秘仏公開は有耶無耶《うやむや》になってしまった。

寄付によって伊勢波観音寺――慈光寺が再建されたあと、厨子は正式に本尊として置かれることになったが、それでも絶対秘仏として開帳が行われることはなかった。

4.

クランツマンが伊勢波観音寺のことを知ったのは、一九六〇年の夏のことだった。

最初の訪日時に知遇を得た仏教研究者・五味正吉《ごみしょうきち》が、クランツマンのために新聞記事――伊勢湾台風の被害と秘仏が現れたという内容だ――の切り抜きを送ってきた。添えられていた英訳文を一読しただけで、クランツマンは伊勢波観音に強く興味を惹かれた。

すぐさま五味への返事をしたためたクランツマンは、特に波観音についての情報を求めた。それが三通目のエアメールを受け取った時には、クランツマンは再びの訪日を計画するようになっていた。

時期が良かったのか、あるいは悪かったのか。

もしクランツマンが初めて訪日した時に、既に波観音が話題になっていたなら、彼は間違いなく現場を見に行っただろう。そして、ある程度の満足感を得て帰国し、あれほど秘仏に執着することもなかった。日本旅行を終え、未《いま》だ満たされない気持ちを抱えていたクランツマンは、だからこそ絶対秘仏という存在が自らの欠落を埋め合わせる最上のものだと確信した。

必ず波観音を見るべきだと、クランツマンは自らに言い聞かせた。自分が日本で見た三十三間堂も、清水寺も、伊勢波観音と同じく観音菩薩を本尊としている。だからこそ、自分は波観音寺と大いに引かれ合っているはずだ。彼はそう考えた。もっとも、この時の感情を彼は「それは恋心のようなもので、気がある相手からのありふれた気遣いを、全て運命的な愛だと思いこむような勘違い」だと語っている。

ともかくも、クランツマンは翌年の冬には日本へ降り立つことになる。以前と同じように北極圏を旅客機で渡ったが、今度は一人きりの旅だった。羽田に到着した日には五味の歓迎を受け、彼の紹介で朝日新聞社の北欧特派員である梁田《やなだ》伊三男《いさお》と出会っている。

五味と梁田の案内によって、まずクランツマンは東京近郊の寺院を巡った。特に彼が興味を持ったのが浅草寺で、その本尊たる聖観音像も秘仏として有名だった。

浅草寺の秘仏にも数多くの伝承がある。七世紀に寺院が開かれて以来、この聖観音像は誰の目にも触れてこなかったとされ、無理に見ようとした者は目が潰れるとも言われてきた。また逆に本尊の実在が疑われることもあり、明治期には国家が介入して調査する運びとなった。しかし、その時にも秘仏を調べようとした役人が怪死を遂げたとされ、ついに住職が命がけで像の実在を確認したという。

この浅草寺の絶対秘仏に関する逸話を聞いたクランツマンは、今すぐにでも波観音の本尊を確かめたく思った。当然、浅草寺の秘仏も見たいとは思っただろう。しかし、彼は波観音という未知にこそ惹かれた。処女峰への登頂を夢見る登山家のように。

また東京から名古屋に向かう間、クランツマンは同行者の五味から、アーネスト・フェノロサに関する逸話を聞いた。

一八八〇年代、フェノロサは岡倉天心を伴い、法隆寺夢殿を調査した。夢殿の本尊もまた絶対秘仏たる救世《くせ》観音像だった。聖徳太子の姿を模したとも伝えられるそれは、世に出せば大地震が起こると言われ、祟りを恐れた人々によって深く秘されていた。だがフェノロサは祟りを恐れることなく、学術的な勇気によって厨子の扉を開く。像をくるむ布を取り去れば、下から優美な笑みを浮かべる木造漆箔《しっぱく》の仏像が現れた。飛鳥時代の傑作、それは間違いなく美の到達点の一つだった。

もしもフェノロサが扉の重みに打ち勝てなかったとしたら、救世観音像が世に出ることもなく、国宝として今なお目にすることはできなかったはずだ。

そう五味が話を結んだ時、クランツマンは深く頷いて友人の手を取った。彼らは自分たちを新たな時代のフェノロサと岡倉天心になぞらえていたのかもしれない。

クランツマンは西へ向かう特急こだまの車内で、二つの未来を想像した。東海道新幹線が開通し、日本が見事な復興を遂げる未来、そして自分が伊勢波観音を世に出し、その美しさを人々に伝える未来。彼にとって、それは二つとも輝かしいものだった。

だが、彼の予想は裏切られた。

名古屋で一泊した後、クランツマンたちは朝から三重県南勢町へ向かった。伊勢波観音の檀家衆は五味の要請を受け入れ、北欧の仏教美術学者が学術調査に訪れることを歓迎していたはずだ。だが、当の住職である新川秀雲《あらかわしゅううん》が本尊への調査を頑なに断ってきた。

五味が最初に檀家衆と接触して以後、波観音の祟りの噂は予想以上に広まっていた。学術調査を受け入れ、その価値を世間に認めさせたい側と、祟りを恐れて秘仏を公開させたくない側。暗然と横たわっていた両者の力関係は既に崩れていた。

結局、二日間の滞在日程は全て寺院側との交渉に費やされたが、それでも住職である新川を説得することは叶わなかった。ただ一つ許されたのは、秘仏が納められた厨子の外観を写真で残すことだけだった。後ろ髪を引かれる思いで、クランツマンたちは南勢町を去っていく。

この時の経験がもとになって、クランツマンは「信仰がある限り、秘仏は存在している」という有名な言葉を残すことになる。そうした意味では重大な転機だったが、この日を境にして、彼の旅程には暗雲が立ち込め始めた。

次の目的地は五味が所属する京都大学だった。日本人の美意識と仏教芸術について、クランツマンが学生を相手に特別講義をする予定だったが、これは当時の全学連とすり合わせが上手くいかず、わずか二十分で切り上げられてしまった。

二度目の訪日は、彼にとって挫折の旅となった。

そして、この旅路を終えたクランツマンは世にも稀なる信仰実験に取り憑かれるようになる。

5.

ヨアキム・クランツマンの信仰実験は「対象における信仰の総量が質量を決定づける」という理論——一度はクランツマン自身が妄想だと切り捨てたような——からなっている。

これは今では思考実験として知られている第一実験と、彼が実証として行った第二実験の二つを指しているが、その前段階として、先の一九六一年の訪日での経験が挙げられる。

伊勢波観音の秘仏を目にすることができなかったクランツマンは、スウェーデンへ帰国した後に、ごく簡単な滞在記を書き残した。そこで語られた日本人像は幻想の民族などではなく、実に保守的かつ頑迷な、それでいて西洋人の影を滲ませる人々だった。これまで彼が美徳として受け取っていた奥ゆかしさと謙虚さは、それぞれ秘密主義と拒絶思想に言い換えられた。

しかしながら、クランツマン自身は日本人を軽蔑するでもなく、むしろ彼らの思考法を重視して、それに関する研究を始めた。特に彼が言及したのは「タテマエ」の精神で、その例として出したのが御前立《おまえだ》ちと呼ばれるものだった。

御前立ちとは、秘仏を模して作られた仏像であって、本尊の代替物として崇められる存在だ。いわば我々が目にできない仏に代わって表へ顔を出す双子の一方である。これと同様の例として、クランツマンは神社の御神体を挙げた。つまり、神社には崇めるべき神のコピーである依代《よりしろ》が置かれているというように。

この類《たぐい》の「みなし」は西洋人にも「象徴」として理解可能であり、たとえば教会のマリア像は聖母本人が石膏で固められたものではないし、パンとワインがキリストの実際の血肉でないこと――クランツマン曰く、彼が未来永劫《えいごう》にわたって血肉を生み出す肥満児でない限り――と同じだ。

しかし、次にクランツマンは理解不能なものとして、歌舞伎や文楽に現れる黒子を挙げた。この「存在するが存在しない」ものについて、彼は「もちろん西洋にも、追放主義や中世ヨーロッパにおけるアハト刑（人権を剥奪する追放刑の一種）、またはコベントリー送りの語（あえて無視するといった意味のイディオム）など、無視すべき実存という概念はあるが、日本人はそれを肯定的に捉えている。その心性を理解することが、彼らを理解することである」と述べている。

クランツマンは日本人を通して、人間は「ある」と「ない」を恣意的に使い分けることを訴えた。それは特定の物体を別の何かと同一視することもできれば、ある存在を意識の外へと追いやって消失させることもできる。

こうした人間の認識能力に、クランツマンは自身が幼少期から考えてきた「信仰と質量」の関係を当てはめて考えた。強く信仰しさえすれば、クロスさせた木の枝にも救い主と同等の霊的質量が宿る。また逆に、信仰を喪失した存在は意味を消失する。我々がクロマニョン人の偉大な英雄を知らないのは、それが誰にも信仰されていないからだという。

これらの思考実験は、母国での仕事に飽いていたクランツマンにとって手慰み程度のものだった。それがある時、ふとした事件をきっかけとして――まるで月の動きから歳差《さいさ》運動を実感するように――この思考を一つの摂理として受け止めるようになる。

一九六三年、クランツマンは普段通りに博物館での仕事を始めた。久しぶりに仏像を大々的に展示する機会があり、彼は以前に撮った波観音の厨子の写真を持ち出すことにした。しかし、部下の不手際で件《くだん》の写真を入れた箱が他の資料のものと混ざってしまった。クランツマンは特に気にもせず、いくらか面倒だが全ての箱を調べれば良いと考える。そして彼の直感か、それとも偶然だったのか、何気なく複数の箱を抱えた際に一つだけ他よりも重く感じるものがあった。まさかと思いつつ、クランツマンがその箱を開ければ、たくまずして厨子の写真があったという。

それは人間が霊的質量を知覚できる証拠である。クランツマンはそう信じ、帰宅してすぐに二人の息子を呼び出した。十六歳のテオドルと十歳になったカールは、父親から初めてゲームに誘われたと思い喜んだ。

まずクランツマンは全く同じ形の二つの箱を用意しつつ、長男からサッカーボールを預かった。それにはベルントソン――一九五八年のワールドカップで活躍した彼だ――のサインがあり、普段からテオドルが大事にしているものだった。父親がその大切なボールを箱にしまった時、これはゲームではなく陰湿な躾《しつけ》なのではとテオドルは不安がった。次にクランツマンはもう一方の箱に新品のサッカーボールを入れ、息子に見えないように二つの箱を何度か交差させた。そして息子たちに向け「どちらか一方、重いと感じた方を当ててごらん。それにテオドルのボールが入っている」と伝えた。

この実験の結末は予想通り。

長男のテオドルは、サイン入りのサッカーボールが入った方の箱を高確率で的中させた。かたやベルントソンに思い入れのない次男のカールは、一般的な確率で正解を誤った。クランツマンは同様のことを次男にもしかけ、今度は彼が大事にしているダラ馬の置物を預かり、また同じような新品とで、それぞれ二つの箱に入れて同じ問いかけを行った。すると、今度はテオドルの方が誤答するようになり、カールが正解を多くした。

これが第二の信仰実験の始まりだった。

クランツマンは協力者をつのり、自身が大切にする物体を用意させて同様の実験を繰り返した。いくつかの事例では有意差が出たが、逆に正誤の確率が変わらないものもあった。ただ、そうした事例については「(箱の中にある)物質を真に信仰しているかどうか、それは個人の意識の領域であり、これを確かめる術《すべ》はない」と彼は述べている。

この時期にクランツマンは最初の論文として「信仰と質量」を発表し、霊的質量《マス》――当初は霊的ミサと誤訳されることもあったが――という語を使うようになった。

このクランツマン論文は、飽くまで自身の発見を文化的かつ科学的に著述しようとしたものだったはずだ。しかし、六〇年代は世界中にニューエイジ思想が広まった時期にあたり、彼の論文を最初に取り上げたのも、そうした今でこそオカルトと揶揄《やゆ》されるような媒体だった。

一九六四年、スウェーデンで発刊された『探索者《ソーカレン》』誌のスヴェン・マグヌセンもいち早くクランツマン論文を取り上げ、他の超常現象や代替医療の記事と同じように誌面に並べた。たしかに科学誌への掲載とは趣を異にするが、それでも霊的質量という概念を誠実に扱っていたのだろう、この記事の反響は予想以上に大きかった。

クランツマンのもとに、信仰実験と同様の経験を伝える手紙が数多く届き、彼は自らの考えが正しいものと信じるようになった。彼はマグヌセンに請われる形で、条件を変えた上で何度か信仰実験を執り行った。

その多くは追実験に終わるが、一方で新しい発見もあった。たとえば、いかに個人が重いと感じたものでも、その対象に思い入れのない他人には変化を感じ取れないこと。また被験者が重いと感じた箱を計量しても、それは他の箱と同じ数値を示すといったことだ。霊的質量とは飽くまでも人間——もしかしたら一部の動物も——が直感として理解できるものであって、既存の計測器には現れないものだった。この時から信仰実験は超心理学というラベルを貼られることになる。

これらの実験のうち、特筆すべき事例が二つある。

一つは六五年の三月の実験で、これは霊的質量が対象となる物質を変化させるというものだった。いささか胡乱な結末となったため、クランツマン自身も「ジョーク的な事例の一つ」として挙げている。

この実験では十八歳の女性が被験者となり、亡き母親から譲り受けたというロザリオを対象の物質としていた。多くの実験と同様に、女性から借り受けた対象物を箱に入れたのち、複数の箱の重さを比べて正解を導き出す予定だった。しかし、一人のスタッフの不手際によって被験者に提示すべき箱を別の実験のものと間違ってしまった。このミスが起こった瞬間を複数のスタッフが目撃しており、箱を渡したスタッフもすぐに過ちに気づいた。だが被験者の女性は事実を伝えられるより先に、一つの箱を指して「これにロザリオが入っている」と言った。それを聞いたスタッフは一言詫びてから箱を回収に向かったが、それでも被験者は首を振ってから、その場で箱を開けて正解を確かめようとした。すると、その箱の中には正解のロザリオが入っていたのだ。

もちろん、その場のスタッフ全員が思い違いをし、最初から正しい箱を渡していた可能性はある。しかし、クランツマンは冗談めかして別の可能性に言及した。つまり「被験者の強い信仰心が箱の中身を変化させたのだ」という。

クランツマンの言葉は冗談に過ぎなかったが、記事としてまとめたマグヌセンは、この「信仰が物質を変容させる事例」によって様々な超常現象を説明できると訴えた。例えば、数多くの物質化現象や引き寄せ現象、他にも「シラクサの涙の聖母像」や「ヘムステッドの涙を流すイコン」といった彫像や絵画の聖人が涙を流す現象も、こうした強い信仰心が物質を変容させた結果だとしている。

これは信仰が霊的質量を増大させた例だが、もう一つの事例ではその逆の変化が述べられている。それは同年七月の実験で、用意した物体から霊的質量が失われるといったケースだった。

　この実験では、被験者の男性が用意した指輪――それは前年に男性が婚約者から受け取ったプレゼントだった――を用いていた。前回の実験で男性の正答率は八〇%を超えていたが、この二回目の実験までの間に男性は婚約者と破局し、この指輪は全く無用のものとなっていた。その件があったからこそ、指輪の霊的質量に変化はあるのかを確かめる目的で実験が始まった。

　結論から言えば、正答率は一〇%以下にまで落ち込んだ。二つの箱から正解を選ぶだけのテストだから、単に霊的質量が失われ、普通の物体に戻ったのなら正答率は半々で推移するはずだ。むしろ「選ばない」という観点においては九〇%以上が正解となっている。実験後、被験者へ質問すれば「重さの変化は感じなかった。ただなんとなく、片方を漠然と選ばなかった」という答えが返ってきた。

　これについてクランツマンは「霊的質量は単に消えるのみでなく、時として負の方向に増大するのかもしれない。被験者の人生にまで立ち入るつもりはないが、おそらくは実験で使われた対象物は彼にとって忌避すべきものとなり、無意識下で選ばないという判断をしたのだろう」と記事でまとめた。

　この実験から発展し、クランツマンは「負の霊的質量」という概念を提唱するようになる。

いわゆる人間の忌避感や嫌悪感を正しく説明するのは難しい。タブーや恐怖症と言い換えることもできるが、個人が積極的に逃れようとする対象だ。クランツマンは「光に引き寄せられる虫もいれば、光から逃げる虫もいる。人間にとって信仰と忌避は同じ光だ」とし、人間の信仰心と忌避感を、正の走性や負の走性のような生物の生得的機能の一種として捉えている。

そしてクランツマンは「負の霊的質量」の概念に、実生活でも囚《とら》われるようになっていた。

件の実験と前後して、クランツマンは自宅で小さな事件に遭遇した。彼の言葉を引けば「自分が周囲から孤立し、無視されること、まるで風に揺れる庭木の一葉を気に留めないように、誰かの認識から消え去ってしまうことへの恐怖」を感じたという。

随分と大仰な言葉で述べているが、それはクランツマンが夜に帰宅した際、自身の呼びかけに妻と子供たちが反応しなかったという、実にありふれた体験への言及だった。とはいえ彼の記述によれば、食卓で楽しげに笑う妻子のそばまで来て、何度も呼びかけてようやく気づかれたというから相当なものだったのだろう。

この時期のクランツマンは信仰実験のために家をあけることも多く、家族から粗雑に扱われており、そのせいで起きた些細な事件だった。妻であるシーラと二人の息子が示し合わせ、家に寄り付かない父親へ抗議のつもりで悪戯《いたずら》をしかけた。あるいは単純に影が薄くなった父親をなおざりにしただけに過ぎない。

しかし、実験の過程で「負の霊的質量」を見出したクランツマンにとって、この家族の対応は大きな傷となった。それは痣《あざ》のように青黒い影となり、彼の晩年の研究姿勢に陰鬱《いんうつ》な色を与えた。

後年、クランツマンはこの事件を持ち出し、最愛の妻に向けて以下のような言葉を残した。

「我が愛《いと》しのシーラ。君が存在を保てていたのは、僕が君を信仰し続けていたからだ。でも、あの夜の一件で僕は君への信仰心を失ってしまったのかもしれない。それはお互いにとって悔やむべきことだった」

6.

一連の信仰実験が行われた四年後、一九六九年になると、クランツマンは三度目の訪日を果たす。

それは五味からの招きによるもので、あの伊勢波観音寺において秘仏の調査許可が下りたという報《しら》せを受けたからだった。実に八年越しの執念が実った形だが、その許可の理由とは住職である新川秀雲が病没し、跡を継いだ息子と檀家衆が秘仏調査に前向きだったからだという。

クランツマンも五十路《いそじ》手前、協力者である五味も七十代に差し掛かっている。今回の調査で何かしらの発見があることを二人とも願った。ただ仏像の光に魅せられた研究者が、今では即物的な成果を望んでいた。

日本に降り立ったクランツマンは、前回の訪日時には開業していなかった東海道新幹線へと乗り込み、伊勢波観音寺のある南勢町へと向かった。

故郷には妻のシーラと工場に勤めるようになったテオドル、私立学校に通うカールを残してきた。この時、既にクランツマンは家族と疎遠になっていた。信仰実験にのめり込む中で、彼は家庭を顧みる余裕をなくしていたのだろう。北欧における東洋美術史と超心理学において彼の名は一定の価値を得たが、家族という分野では「父親」の名前を加えることはできなかった。

それでもクランツマンは希望を捨てなかった。

秘仏を調査し、その文化的光明を外界へ持ち込むことさえできれば、さらには秘仏という存在が霊的質量の理論を完成させたならば、その時こそ研究者として意味のある人生となる。全ての研究が終わった時、改めて家族に向き合おう。クランツマンはそうした述懐を短く日記に書き残していた。

クランツマンの日記にそうした文言が現れた次のページには、彼が南勢町に着いてからの数日間の様子が記述されている。

一九六九年の七月一六日――まさにアポロ11号が地球から飛び立つ直前だった――クランツマンは先んじて南勢町に入っていた五味、さらに以前の訪日で出会った朝日新聞社の梁田と合流した。この時、梁田は新聞社を退職してフリーの記者になっていた。

同日の夕方、クランツマンたちは伊勢波観音寺の新しい住職である新川尚雲《しょううん》との会合に赴く。尚雲は未だ四十代と比較的若く、他の檀家衆と共に秘仏を科学的に調査することに前向きな人物だった。しかし、ここで寺院側はクランツマンたちの予想に反した条件を提示してきた。

秘仏の調査は受け入れたが、厨子を開け放つことだけは頑なに断ってきたのだ。これは前住職の教えもそうだが、秘仏を明らかにすることで、再び災害が起きるのではと恐れた檀家衆と南勢町民からの意見だった。

　会合の席で持ち出された新しい条件に五味は苦い顔をしたが、クランツマンは前回とは違った態度を取った。それは彼自身が、ここ数年の信仰実験を通して、人間の強い信仰によって様々な超常現象——箱の中身が変わり、また別の空間から引き寄せるといった——が起こると学んだからだった。彼の言葉を引くならば、それは「その厨子には無数の人々の信仰が集まり、霊的質量が限界まで圧縮されている状況」なのだという。これが開かれた際には「神秘の崩壊が起こり、行き場を失った霊的質量はまるでブラックホールのように巨大な力を生むだろう。実際に大津波が起こるかもしれない。そういう形で人々が信仰しているならば」としている。

　そうしてクランツマンが寺院側の要求を受け入れると、今度は住職の尚雲も態度を軟化させ、厨子を開かない限りはいかなる形式での調査も受け入れると表明した。

　その条件を聞き、密かに微笑んだのはクランツマンでも五味でもなく梁田だった。この時、彼は新聞社時代の伝手《つて》を駆使し、他の二人にも知らせないまま調査の計画を進めており、特に東京文化財研究所へ協力を仰ぎ、X線透過調査を行おうとしていた。

　クランツマンの日記によれば、その日の会合が終わった後に梁田は二人に自身の計画を明らかにしたという。これにはクランツマンと五味もにわかに沸き立ち、翌日からの調査の成功を大いに夢見た。

調査許可を得たことで、梁田は即座に東京へと戻ることとなり、X線調査のための技師を連れて帰ってくることを約束した。一方、残されたクランツマンと五味は秘仏に関する他の調査を行うこととした。それが「最後の信仰実験」の始まりであった。

その実験については、クランツマンの日記に経緯がわずかに記されているのみで、具体的な記録はほとんど残っていない。理由の一つは実験の内容が新規性に乏しかったものと推測できるが、より大きな理由としては、この五日後に起こった出来事が彼の精神を全く別物に作り変えてしまったからだろう。それは人類が初めて月面に降り立ったニュースとは関係なしに。

ともあれ「最後の信仰実験」に先立って行われた、一つ目の実験の方は少しばかり記録が残されている。

南勢町での滞在二日目、クランツマンは伊勢波観音寺に入った。秘仏を納めた厨子との再会だった。彼は人手を頼み、まず厨子を台車に載せることを提案した。檀家衆の古老たちは難色を示したが、住職である尚雲と五味の説得を受けて認めることになる。尚雲が経典を奉じたあと、檀家衆の中から選ばれた二人の男が合力して厨子は降ろされた。

この時まで、住職は厨子の重量を測るために台車に載せるのだと思っていた。事実、本堂に持ち込まれた農業用台はかりで計測は行われ、厨子の総重量は二〇八キログラムと判明した。同じく天蓋までの高さは一メートル七七センチとされ、ちょうど当時の家庭用冷蔵庫に物を詰めた状態と同程度だった。こうした簡単な計測が続くのだと、住職たち南勢町の人々は考えたはずだ。だから次にクランツマンが取った行動には首をひねることになる。

クランツマンは、厨子を載せた台車の横に新たな台車を用意した。そこへ地元の青年に持ってこさせた土嚢《どのう》を積み上げ、二〇八キログラム分の重りとした。二つの台車にそれぞれロープを繋いだところで、クランツマンは周囲を暗幕で覆ってみせた。何をするつもりか、という尚雲の問いかけは五味に向けられたが、それを彼が訳すことはなかった。クランツマンは無心で作業を進め、やがて二本のロープを手にして暗幕をくぐって現れる。彼は厨子を用い、これまで自分が行ってきた信仰実験を行おうとしていた。

そして、この時の実験結果はクランツマンにとって自明のものだった。

導かれるままにロープを引いたのは尚雲と檀家衆だった。当然の如く、彼らは厨子と繋がっている方のロープを持ち上げ「こちらの方が重く感じる」と言った。初めて信仰実験を目《ま》の当たりにした五味は驚嘆していたが、霊的質量を確信していたクランツマンにとっては新たな発見ではなかった。秘仏は間違いなく篤《あつ》い信仰心によって巨大な質量を得ている。彼はそう端的に述べた。

それから二日間、二人の研究者は南勢町の人間と協力して信仰実験を行った他、厨子についての考察を加えていった。クランツマンが詳しく調査したところでは、厨子は十七世紀頃に作られたものと推定された。また五味はそれに加えて、波観音寺が江戸時代に始まった寺請制度と合わせて真言宗に宗旨変えをし、同時期に本尊を納めるための厨子を作ったのだと推理した。

恐らく、この数日間はクランツマンにとって最も充足した時間だったのかもしれない。自身の理論が完成に近づいていく、その足音を聞くことができた。望み続けた秘仏を傍らに置き、その神秘を余すことなく味わうことができた。

しかし、七月二十一日になると、三つのものがクランツマンにもたらされた。

一つ目はアポロ11号が月面着陸に成功したという話。二つ目はX線装置をトラックに積み、東文研の技師と戻ってきた梁田。そして三つ目に、遠くスウェーデンから届いた、妻シーラの危篤《きとく》を伝える国際電報。

この前後の記録はクランツマン自身の日記にも残されておらず、どのような経緯――紛糾と逡巡とも言える――があったのかは解らない。

しかし、一つの事実としてクランツマンは日本に留まった。

彼は妻のために帰国することなく、梁田らと共に秘仏調査を続けた。そして、X線技師の手によって厨子の透過撮影が行われた。使っていなかった庫裏《くり》へと厨子は持ち込まれ、壁に貼り付けられたフィルムにその陰影を刻みつけた。

長年にわたって待ち望んだ、秘仏の真実の姿。彼はそれを見たいがために妻を捨て置いた。だが、この写真に対するクランツマンの感想はただ一語。

スウェーデン語で「otrolig《信じられない》」と記されたのみだった。

7.

一九六九年七月二十五日、クランツマンは南勢町に五味たちを残した上でスウェーデンへと帰国した。

この時、クランツマンは既に自らの妻が生きていないだろうことを予見していた。彼は日本を発つ前に長男テオドルに宛てて国際電話をかけ、万が一のことがあれば、自分に代わって様々な手続きを済ませるよう取り計らっていた。また飛行機が北極海の氷河を越える中、クランツマンは日記に以下のような長文を書き残した。

「シーラ、僕の全ての運命の人。ずっと君のことを愛していた。幼い頃に、鉄の広場で女性像を目にした時からだ。でもきっと、僕はその時に二つの運命を背負ってしまっていた。あの美しい仏像に似たブロンズ像に君の面影を見たことで僕たちは結ばれた。その一方で、僕は本質的に仏像を愛する運命にあって、その代替物として君に惹かれただけだったのかもしれない。ああ、なんて酷《ひど》い言葉だ。赦してくれとは言えない。ただ僕は、この世から君が消えようとしている時、まさに秘仏の真実が明らかになることを求めてしまった。だからこれは罪で、黒い影に覆われた事実が罰だ。あの秘仏は、君という存在を象徴していた」

これらの記述に表されるように、帰国直後のクランツマンは憔悴《しょうすい》しきっていた。またアーランダ空港で彼を出迎えた息子たちは喜びの笑顔を見せることもなく、その重苦しく冷たい空気がシーラの旅立ちを仄《ほの》めかした。

クランツマンは多くを問わなかった。それは自分の存在が家族にとって何の意味も持たないと自覚していたからだろう。既に成人していたテオドルは父親の到着を待たずに事務手続きを済ませ、早々に母親の葬儀を執り行っていた。死亡後から葬儀まで一週間以上は時間を置くスウェーデンにおいては異例であった。

「彼ら（息子たち）は母親の遺体を火にくべて灰とした。とても迅速に。それはもしかすると、死体となってさえ僕と対面したくないと思ったシーラの遺言を忠実に守ったのかもしれないし、仏像研究に没頭するあまり帰国を遅らせた父親を罰したかったのかもしれない」

日記の中でクランツマンはそう語った。事実はどうあれ、彼がシーラと再会を果たしたのは墓前においてであった。

森の墓地《スクーグシュルコゴーデン》はストックホルム郊外に新たに作られた墓地であり、今では世界文化遺産として有名な場所だ。スウェーデン人にとって墓地は忌避すべきものではなく、死者が自然へ回帰する場として好意的に受け入れられ、この共同墓地にも多くの人々が眠っている。そして、その一角にシーラの墓はあった。息子たちと共に墓地を訪れたクランツマンは、妻の遺骨が納められた墓を前に短い祈りを捧げた。

「石の下に納められたシーラと、厨子の中に秘された仏像、その二つは僕にとって完全な相似だった」

そのどちらも隠され、中身を検《あらた》めることは許されない。目にすることができない相手は果たして存在しているのだろうか。クランツマンはそう思ったはずだ。両者は信仰によって、存在と非存在の二つの岸辺を行き来する。

「僕の信仰がシーラに質量を与えられるだろうか。それは不可能だ。僕からの信仰は既に失われた。人は信仰を失った時に死ぬのだ」

　クランツマンは日記にそうした文言を書き加え、その下部に「キリストの復活は？」と短文を添えた。彼は人間の死を「信仰の消失による霊的質量の消失」と捉え、また逆に復活を「最大限の信仰による奇跡」と考えていた。

　その後、クランツマンは一週間ほど故郷に滞在した。

　しかし、既に就職したテオドルは家を離れ、カールもシグチューナの寄宿学校で学友たちと生活を共にしていた。クランツマンは一人、家族と多くの時間を共有するつもりで選んだ自宅において、ただ身辺整理をするだけの孤独な時間を過ごした。この時、既に彼の日記は書斎の机の奥へしまい込まれていた。

　そして同年八月、クランツマンは家族に別れも告げずに、再び日本へ向かう飛行機に乗り込んだ。

　日本に戻った後、クランツマンは即座に伊勢波観音寺を目指した。また五味は大阪の自宅に戻っていたが、彼の来日を知ってすぐさま南勢町へ向かった。同町に残っていた梁田は、東文研の研究員の他に、奈良文化財研究所から応援に来た研究員と協力しながら、X線調査の精度を上げるための厨子の模式図を作成していた。

　二人と合流したクランツマンは、身内の不幸があったと手短に伝えると、先週まで行っていた調査を再開することにした。しかし、この数日の作業について彼自身は記録を残していない。後に梁田が周囲に語ったところでは、クランツマンは予定されていた雑誌のインタビューや、地元民との交流会も全て断り、ただ一日中、本堂に置かれたままの厨子と対峙していたらしい。また住職である尚雲の証言では、彼が入寂《にゅうじゃく》を待つ仏教僧のように見えたという。

クランツマンはこの時、自らの理論を深く思量していたのだろう。スウェーデンに残された日記には、彼が行った「最後の信仰実験」を予期させる文章が記されていた。

「厨子に秘された仏像を見ることはできない。もしかしたら、あの地に伝わる波観音は遥か昔に失われ、厨子だけが廃棄物として残されていたのかもしれない。我々は空っぽの厨子を拝んでいる。しかし、信仰を集めることで秘仏は存在を保つ。空虚であっても、無数の人々が〝ある〟と信じれば実在する。まさに祈りだ。では逆に、神秘が失われたとしたら、それも悲劇的かつ壮絶な喪失を経験した時、人々は対象に何を思うのだろう？」

この文章が日記に現れるのは七月末の日付であり、彼がスウェーデンにいる間に書かれたことを示している。また、その翌日分から数ページを割いて長い論考が書かれている。この内容については、後に触れることとする。

そして八月五日の夜、二度目のX線透過撮影を前に、五味と梁田が研究員や新川尚雲、檀家衆を寄合所に招いてささやかな宴会を開いた。この頃になると、南勢町の人間も五味たちを受け入れていた。彼らは伊勢波観音寺が有名になる未来を熱く語り合った。秘仏が文化財として認められ、日本のみならず世界的に貴重な宝物となるだろうと。

そして、この宴席の最中にクランツマンは姿を消した。

この時、住職である尚雲は何気なく寄合所の外へ出て、波観音寺のある山の方を確かめた。すると本堂に灯りがあるのが見え、これはクランツマンが厨子を拝みに行ったのだろうと考えた。

事件が起きたのは翌六日。寄合所で目を覚ました尚雲と五味たちが寺院へ向かったところ、本堂にあるはずの厨子が消えていた。

慌てふためく一同だったが、厨子が台車に固定されていたことと、クランツマンが前夜に本堂にいただろうことを思い出し、彼が一時的にどこかへ持ち出したのだと推理した。だが、寺院の周囲を捜しても厨子はおろか、クランツマン自身すら発見できなかった。

まさかクランツマンほどの人間が秘仏を盗むなどとは、この場の誰も考えはしなかった。だが一方で、直近の彼が精神的平衡を欠いていたことに不安を覚える者もいた。五味は当時のことを振り返る記事の中で「彼（クランツマン）が悩んでいたのだろうと薄々気づいていながらも、調査の大詰めでもあったし、私たちは互いに言い出せないでいた」と述べている。

五味たちが捜索範囲を広げると、寺院の裏手から山へ続く小さな轍《わだち》に気づいた。クランツマンが台車を曳いて龍仙山へ入ったことが知られると、彼らは檀家衆の他、町の駐在員や消防団にも応援を求め、午後には山狩りが行われることになった。

やがて夕刻に近づいた頃、山に詳しい消防団員の一人が山中で厨子を発見したという報告をもたらした。

住職尚雲が先頭に立ち、五味と梁田も発見地点へ向かうと、雑木林が開けた空間に厨子だけが置かれていた。この場の誰も気づかないことだが、その光景はスウェーデンの森の墓場と同等の神聖さを有していたはずだ。

そして尚雲はまず厨子に駆け寄り、その観音開きの戸を封じる古紙が破られていないことに安堵した。クランツマンは自らの探究心を抑えきれずに秘仏を暴こうとした訳ではなく、何らかの理由でもって厨子を運んだだけだ。そう言って五味たちも彼を擁護した。

ひとまず波観音の秘仏が無事であると解ると、五味たちはクランツマンの捜索を消防団員に任せ、厨子を寺院へ持ち帰ることとなった。その道中、梁田は未だに行方が知れないクランツマンを心配しつつも、彼のためにも調査は続行すべきだと訴えた。尚雲と五味もただ待つことに耐えられず、二回目のX線透過撮影を行う運びとなった。

そして、その際に撮影されたものが二枚目のX線写真であり、これを以て波観音の秘仏調査が終了することになる。

五味たちはX線写真をクランツマンに見せることを待ち望んだ。しかし、翌日になっても彼が姿を現すことはなかった。山狩りの規模は次第に大きくなっていったが、それでも彼を発見することはできなかった。

一九六九年八月六日、こうしてヨアキム・クランツマンの「最後の信仰実験」が実行された。

8.

クランツマンが日本で姿を消してから九年後の一九七八年、スウェーデンにおいて死者推定がなされ、彼は法的に死に、遺産は息子のテオドルとカールに分けられた。

ストックホルムの家はテオドルが継いだが、その時に整理された荷物の中からクランツマンが残した日記が発見された。そこに記されていた波観音の秘仏に関する調査記録を読む内に、テオドルの中に芽生えるものがあった。

当時、クランツマンの名誉は不当に貶《おとし》められていた。

それは公開された二枚のX線写真からくる誤解だった。最初に述べたように、それは空洞の厨子と見事な十一面観音像を写した二枚であり、それらが撮影された順番を巡っていくらかの議論が起きていた。つまり、秘仏たる十一面観音像を捉えた写真は最初の撮影時のもので、空洞の厨子は二回目の撮影で撮られたものとし、クランツマンが厨子を開いて黄金の仏像を盗んで失踪したという疑惑が持ち上がっていた。

だが、父の日記を読んだテオドルは、これが完全な誤解であると確信した。

まずクランツマンが失踪した後に撮られたX線写真に仏像の姿が無かったのなら、尚雲や五味たちが騒ぎ立てるはずだが、当時にそういったニュースはなかった。またクランツマンが日記の中で「信じられない」と述べたことと、後の文章で「黒い影に覆われた事実」と記していることを関連付け、最初の撮影時に写されたものこそが空洞の厨子だと推測した。

テオドルは一回目のX線透過撮影が失敗し、厨子の中身まで写せなかったと考え、二回目に成功したからこそ十一面観音像の姿が残っているのだと結論づけた。そうであるなら、父親の業績を確かめ、その名誉を回復すべきである。彼はそう思った。

三十代になっていたテオドルには既に妻子がいたが、彼は父親と同じ間違いは犯さなかった。子供には家族の名誉を回復するための大事な研究であると告げ、家庭と仕事を疎《おろそ》かにすることなく、家族旅行で日本に行く度に地道な調査を続けた。

やがてテオドルは父と交流のあった人物と接触した。クランツマンの一番の理解者とも言える五味は物故していたが、梁田は未だに記者として活動していた。また同時に、日本ではヨアキム・クランツマンが超心理学者ではなく、北欧の仏教美術学者として扱われていることも確かめることができた。

しかし、その一方で、伊勢波観音の秘仏研究は日本の学会ではタブー視されていたという。東京で梁田から話を聞いたテオドルはその事実に驚愕した。その研究過程で死という汚れた色が一滴でも混じると、途端にこれまでの研究は無視されてしまう。研究成果というものは非常に属人的で、個人の思想や生涯によって価値が変わってくるものだ。まさに「見て見ぬ振り」だと、テオドルは父親と同等の気づきを得た。

これが「二枚の写真」の真実が曖昧になった理由だ。日本側の研究者はクランツマンの滞在中の活動に言及してこなかった。事実として、テオドルが梁田に写真が撮られた時系列順を尋ねれば、十一面観音像が写った方が二回目のものだと証言を得た。これはテオドルの推測を確かなものとするが、それ以上に父親の名誉回復を目標とする彼の心を傷つけた。梁田たちにとって「二枚の写真」は研究史上の謎などではなく、ただ口にもしたくない、忘れたい過去だったのだ。

この時、テオドルはクランツマンが日記に書き残した論考については触れないようにしていた。

日記の中で一九六九年七月末の日付から続く、一連のクランツマンの論考について、テオドル本人は全く理解できていなかった。父親の思考を追えないことを悔やみつつ、それでも彼は僅かずつでも解釈を加え、一つの論文として完成させようとしていた。日本とスウェーデンを行き来する中で得た情報をもとに、ヨアキム・クランツマンという人間と、彼が行った「信仰実験」の顛末、また秘仏研究の真実をまとめ上げ、それを世に出すこと、それがテオドルの使命となっていく。

しかし、一九九七年、テオドル・クランツマンは論文を完成させることなく、四十九歳で命を落とした。

病床にあったテオドルは、これまでまとめてきた論文を自らの子供——つまり、ここまでの文章を書いてきた筆者だ——へと託した。

こうして親子三代にわたって「クランツマンの秘仏」は研究対象となったが、最後にヨアキム・クランツマンがどこへ行ったのかの考察を加えたい。

そのために、まず彼が日記に書き残した論考を引く。

「神秘が失われ、信仰が消え去り、その霊的質量がゼロになった時に死は訪れる。人間であれ、神や仏であれ、それは同じだ。しかし、以前から考えている負の霊的質量の概念をどう当てはめるべきか。ゼロが霊的な死であるなら、それより負の方向に進んだものは死の先にあるものだ。ならばそれは〝忘却〟に他ならない。まるで舞台上の黒子を視界に収めながらも、それを非存在として扱うような、人間が本能的に有する忌避感の発露だ。歴史を見れば、古代ローマでは体制への反逆者を、社会的な非存在へ追いやるような措置を取った。ダムナティオ・メモリアエと称されるそれは、肖像画から顔を削り、あらゆる記録から名を抹消した。例えば、カラカラ帝の弟であるゲタ帝も、その死後に全ての記録を抹消された。ただし、消されたゲタの名前が今に残っているのは、彼が少なからず人々からの信仰を受けていたからだろう。もし、その名を伝える人間が誰一人としていなかったのなら、今の我々では決して知り得ない、完全に歴史上から抹殺されたローマ皇帝となっていたはずだ」

クランツマンが述べたことは、社会的健忘症《ソーシャルアムネシア》のより実際的な側面だった。人々は忌避感を持つ対象を非存在として扱うようになる。それこそが「負の霊的質量」を持つということだと訴えた。

だから彼は、それを「最後の信仰実験」とした。

「あの波観音の秘仏は実存だったのだろうか。誰もが〝ある〟としながら、その真実を知ることはできない。もし仮に、その真実が人々にとって忌避感を催すような存在であったら、我々は秘仏を忘却してしまうのだろうか。波観音という実体は存在せず、歴史上からも消えてしまうのか」

物理学における負の質量はワームホールの生成に関係する。それは時空間の枠組みを取り払うことを可能にするが、これを「負の霊的質量」に当てはめた時に生まれるものは何か。クランツマンはそれを明らかにしようとした。

「信仰とベクトルを逆にする忌避が働いた時、霊的質量は大きく負の方向へ増大する。それによって生まれる事象は、例えばキリストが復活したこととは正反対の有り様で、あらゆる人々の記憶から忘却されてしまうといったことなのではないか」

ここで結論となるが、クランツマンの消失は我々が彼を忘却したからではない。彼は明確な意志を持って姿を隠したはずだ。

まず状況を想定すれば、クランツマンがスウェーデン滞在中に日記を書き残した点からして、彼は既に日本で姿を消すこと——それは広義の自殺なのかもしれないが——を企図していたように思える。さらに彼は、自身が執心した波観音の秘仏を持ち出している。最後の瞬間を秘仏と共に過ごしたと解釈できるかもしれないが、それとは別の解釈も行える。

クランツマンは厨子を開けたのだ。

何らかの手法を使い、古紙を傷つけずに扉を開いた。最初から、そこに秘仏など存在しなかった。一枚目のX線写真は正しく空洞を写していた。だからこそ、彼は二〇八キログラムもの厨子を一人で山中まで運べたのだ。彼にとって空洞の厨子は信仰の対象などではなく、霊的質量は限りなく失われていた。

そして彼は何も納められていない厨子を見て、ある実験を思いついたのだろう。

クランツマンは厨子の中へ入った。そして直後、二回目のX線透過撮影は行われた。そこに写し出されたものが十一面観音像の姿だった。彼は周到に用意した別の仏像——馬鹿げた光景だが、クランツマンはそれを着ぐるみのようにまとったのだ——を用いたのかもしれないし、もしくは、かつて彼が行った信仰実験でもあったように、他者からの信仰によって内部の物体が変容してしまったのかもしれない。クランツマン自身が秘仏になったという想像も、彼自身の理論に沿えば可能なのだから。

いずれにせよ、クランツマンは厨子の中身を細工した上で自死したのではないかと推測できる。いつか未来において、この厨子が開かれた時、いきなり西洋人のミイラが飛び出してきたなら、人々は秘仏に何を思うのか。信仰と忌避は入れ替わるのか、霊的質量はいかに変化するのか、彼はそうした思考実験をしていたのかもしれない。

この「最後の信仰実験」が評価されるとしたら、あの伊勢波観音の秘仏が公開された時だ。その時こそ、ヨアキム・クランツマンの名が世間に知れ渡るだろう。

結びに代えて、クランツマンが日記の最後に書き残した一文を添える。

「人は誰しも、歴史という渓谷に流れる忘却の川を下り、行き着いた彼方の海で誰とも知れない死者となる」

※本稿は宗教学者であるアニカ・クランツマン氏の論文を抜粋掲載したものであり、二〇〇九年四月に開催予定の第十三回イェーテボリ科学フェスティバルにおいて全文が発表される。
今回の科学フェスティバルでのテーマは「あらゆる時代・地域の文明」であり、開催地であるイェーテボリ出身の学者ヨアキム・クランツマンの業績を称えるものとなる。また日本の慈光寺の協力を得て、波観音の秘仏の特別公開も予定されている。

絶滅の作法

1

ある日、地球上の生物はポンと絶滅したのだ。

どういう経緯で絶滅したのかを佐藤は知らない。地球にやってきた異星種でも後発組であるし、そうでなくとも興味はなかった。おおよそ有害な宇宙線でも降り注いだのだろう、くらいに思っている。

そんな佐藤は今、文京区のアパートに住んでいる。

「東京はプラスチックも可燃ゴミに入るのか」

佐藤は往時のインターネットを参照し、区のホームページを開いている。地球上にあった電子情報は有志が復元して公開してくれているから、これは非常に便利だ。

「参ったな、昨日のうちにゴミ出ししとけば良かった」

玄関口に積まれたゴミ袋を見る。中身はカップ麺の容器と惣菜のパックが多い。移住した当初は自炊に凝っていたが、最近ではもっぱら加工食品ばかり口にしている。

洗面所に行ったついでに、佐藤は鏡に映る自分の姿を見た。頰の筋肉が垂れてきて、薄ら笑いを浮かべているように見える。余分な脂肪も目立ってきたし、無精髭《ひげ》も生えてきている。

「もう少し、ちゃんと生活しないとな」

＊

そもそも佐藤の本体は、地球から三百光年ほど離れた母星にいる。ちょうど地球で言えば水生昆虫のタガメに似た一族だ。特別に優れた文明を持っているわけではないが、他の異星種と同等の恒星間通信くらいはできる。そうして情報に変換した思考体を他星系まで飛ばし、現地の生物をコピーした肉体に書き込む。これが一般的な恒星間移住のスタイルだ。ただ、どこに移住するかは趣味の領域でもある。

だから佐藤の思考体は不動産業者を頼って、原住文化遺産の多い地球へやってきた。ここで暮らしていた人類も、佐藤の本体たちと同じく個体的生活が主流だったから、すぐに慣れるだろうという気遣いだ。

　紹介された物件は文化再現度の高い地域で、かつては日本と呼ばれていた島らしい。中でも東京は、現地の機械を修復して詳細な再現に努めたらしく、在りし日の人類社会を感じさせてくれた。

「こんにちは、ありがとう」

　業者が搬入してくれた肉体が目覚めてすぐ、佐藤は日本語の挨拶《あいさつ》を一通り試した。意外としっくり来たのは、コピー元の肉体が日本人だったからだろう。名前も汎用性《はんよう》の高い〝佐藤〟にした。

「うん、悪くない」

　地球に引っ越した翌朝、自室の窓から差し込む朝日を見て、佐藤は移住の成功を確信した。分厚い大気と恒星の近さが気がかりだったが、その二つは肉体を通して「爽やかさ」という日本語に置き換えられた。

2

佐藤が地球に移住してから、かれこれ二十年が経過した。

これでもライフサイクルの長い種である佐藤にとってはまだまだ短すぎる。あえて人類風の知識で言えば、上京してきた大学生が一人暮らしを満喫し終えて、張り切って買った自炊用の調理道具に手をつけなくなるくらいの時期だ。

「痩せなきゃなぁ」

ぼやきつつ、佐藤はアパートの近所を歩いている。春先の空気は寒く、夕方ともなれば風も冷たい。

目に入るのは、ビルを再現するために忙《せわ》しなく動く工作機械と、大通りを歩いていく人間の姿。

「こんにちは」

ほんの気まぐれに、歩道の先から来る二人組の男性に佐藤は声をかけてみる。しかし、返答はない。まるで無視しているかのように、男性たちは喋りながら佐藤の横を通り過ぎていく。

「さよなら」

佐藤は振り向きながら、楽しそうに歩く二人組を見送った。

彼らは汎用遺伝子で作られた肉の塊で、佐藤と違って精神的な動きはない。人類社会の情景を再現するためだけに配置されている背景生物。いわば引越し先に元からあった飾《オーナメント》りのようなものだ。

「こんにちは」

今度はふざけて車道に飛び出してみた。

すると通行中の輸送車両が、佐藤の存在を認識して自動的に進路を変えた。人間よりも機械の方が優しいらしい。

そういう意味なら、佐藤はコンビニが好きだ。

「ありがとうございました」

今日も惣菜を購入し、会計を終えれば日本語で挨拶があった。

「あざっす」

いくらか適当になってしまったが、佐藤もきちんと日本語で挨拶を返す。これがマナーだからだ。

店頭に立っているのは人間の姿を模したロボット――これも先住者の有志が再現してくれた――だ。金属製部品と電子回路を組み合わせた機械で、かつては人類の生活をサポートしていたらしい。佐藤の文明で言えば酵素機構に似た働きをしてくれるものだ。

そこからアパートに帰るまでにも、佐藤は東京の風景を観察した。

公園では親子が遊んでいるし、路地を歩く老人の姿もある。商店街で買い物をする人、家路を急ぐサラリーマン、自転車で駆けていく中学生たち。誰も彼もが偽物だ。佐藤からしてみれば、お決まりの文句でも日本語を話してくれるロボットの方が人間らしい。

とはいえ、背景生物をことさらに嫌うつもりもない。人間は家具の形や配置が気に食わないということもあったようだが、佐藤にとっては備え付けでもあるだけありがたい。

などと思いつつ、佐藤が住宅街を歩いていると、不意に耳と鼻に届くものがある。この感覚にも慣れてきた。どうやら近くの家で背景生物が食事を作っているらしい。子供の嬉しそうな声と醬油《しょうゆ》の香りがあった。

それが実際に起きている出来事かは判別できない。いわば環境音だから、単に家そのものから匂いと音を発しているだけかもしれない。

「懐かしいな」

子供の頃、よその家から漂ってきたカレーの匂いに腹を空かせた覚えがある。無論、それは佐藤の本体ではなく、今の肉体の元となった人間の記憶ではあるが。

「久しぶりに料理でも作るか」

佐藤は自宅に帰るなり、コンビニで買ったばかりの惣菜をゴミ袋へ投げ入れた。

3

佐藤は友人のサントスを家へ招いた。

同じ東京で暮らしているが、サントスは佐藤より少しばかり早く移住した身で、今は渋谷の高層マンションに住んでいる。距離的には離れているが、感覚的には隣室の住人だ。一応、郊外にも数名の移住者がいるが、日頃から付き合いがあるのは彼だけだ。

「久々だな、佐藤」

サントスは流暢《りゅうちょう》な日本語で挨拶をくれるし、きちんと履物も脱いでくれる。元になった体はブラジル人らしいが、一時期は東京で暮らしていた人間だったようで、こういった所作にも馴染みがあるとのこと。

「ありがとう、サントス。きちんと話さないと日本語を忘れてしまいそうだよ」

「日本人の体を使ってるのは君だけだもんな。こっちとしても色んな言語を使えるのは嬉しいのさ」

サントスの中に入っているのは、佐藤の母星からさらに離れた別銀河の異星種だ。彼は自らの本体を「意識ある塵《ちり》」として紹介してくれて、言語によるコミュニケーションはしないという。だからだろうか、人類の発話行為に特に興味があると言っていた。

「何にせよ、我らは寂《さび》れたアパートで肩を寄せ合って暮らす移民同士だ。もっと遊んでくれて結構だぞ」

「そのアパートの名前は〝東京〟って言うんだろ？」

久しぶりの冗談に二人で笑う。事実として、今の東京に暮らしている移住者は八人ほどで、日本全体でも百人程度だ。

「ところで佐藤、また太ったんじゃないか？」

「普通に過ごすと人間は太るらしい」

「運動をすると良いぞ。筋肉を育てると色んなことができる」

そう言ってサントスはご自慢の筋肉を見せつけてくる。

「それより今日は、君に食べさせたいものがあるんだ」

佐藤はサントスを居間に残して、台所へと向かった。

食器を選び、わざわざ炊飯器で炊いた白米を盛り付ける。鍋に入っているのは豚汁で、これも残されていたレシピから忠実に再現した。おまけとばかりに糠床《ぬかどこ》からキュウリとナスを引っ張り出すが、これはサントスが来る直前に入れたものだから味も何も全く漬かっていない。それでも三品揃えてちゃぶ台に並べれば、立派な日本食に見える。

「ほう、自炊したのか。加工前の野菜まで買って」

「うん。思い立ったからね」

二人で食卓を囲み、互いに手を合わせて「いただきます」と一言。これが食事の作法だが、だからといって食事中の会話を楽しむことも忘れない。

「実は昨日、街を歩いていて懐かしい気持ちになったんだ。どこかの家から料理を作っている匂いがした。だから僕も料理を作ってみた。美味しいかい？」

「ああ、美味《うま》い」

友人からの評価に佐藤はホッと胸をなでおろす。

「この懐かしいという感覚も面白いね。僕の記憶ではないけど、きっと元の肉体が覚えていたんだろう」

「なるほど、サウダージだ」

それはポルトガル語で郷愁といった意味だが、もっと複雑な概念だとサントスから以前に聞かされている。

「俺たちの本体は今も遥か彼方にいるし、人間の言う懐かしさは感じない。でも俺だって似たような感じを受ける時があるよ」

「きっと肉体の方が覚えているんだろうね。人間の感覚器があるから、そこから想起されるんだ」

「特に日本に住む君はそうだろう。日本人の遺伝子で、復元可能なくらいに残っていたものは珍しいって聞いたよ」

「僕自身が発見したからね。運が良かっただけさ」

人類の絶滅については、誰も興味がないから詳しく調査はされていない。

ただ日本人というか、太平洋側に住んでいた人類の痕跡がほとんど途絶えていたから、これは宇宙線をモロに浴びた地域だと言われている。

ちなみに佐藤の元になった肉体は海の底にあった。

人類の絶滅期にたまたま深海調査を行っていたようで、海上にいた研究者たちが彼の乗る探査船を故意に沈めたらしい。今の佐藤には当時の人間たちの思考はわからないが、恐らくは人類の絶滅を覚悟した一群がいて、数万年先にも遺伝子情報が残るように仕向けたのだろう。

長い目で見れば、佐藤がこうして日本文化を継承しているのだから、その決断も正しかったのだろう。ただ狭い探査船に閉じ込められて、深い海へ沈んでいくのは酷い苦痛と恐怖を伴ったはずだ。

その証拠として佐藤は海が苦手だ。本体が水生種であったにもかかわらず、今の肉体では海に行こうと思えない。

そんなことを考えているうちに、サントスが箸を置いた。

「ごちそうさまでした」

そう言って手を合わせているが、佐藤は目敏《めざと》く彼の茶碗の中を確かめた。

「ご飯粒が残っている。ちゃんと食べないとダメだ。お米の一粒に七人の神様がいるんだ」

「ほう、それは初耳だ。日本のマナーかい？」

「ああ。日本人はお米を大事にする」

佐藤は自身の顎に手をやって微笑む。しっかり無精髭も剃っている。

「僕はね、日本人の作法を完璧にこなしてみせようと思う。丁寧な暮らしというやつだ」

「じゃあ」

と、サントスが横を向いて玄関口に視線を送る。

「あのゴミ袋に入ってる食べ物はいいのか？　一口も手をつけてないだろう」

「あれは良いんだ。プリントアウトされた加工食品に神様はいない」

自分で言っておいて「本当に？」と佐藤は思うが、対するサントスの方は深く頷いている。何が正しい文化なのかは、佐藤にも未だわからないところがある。

「それはそれとして、だ」

サントスは器用に箸を使って米粒を集めつつ、佐藤の顔を正面から見据えた。

「ちょうど良かったと思う。君が日本人であろうとしてて、なおかつ人類の食事に興味を持ったなら、俺の計画もとびきり面白いものになる」

「なんだ、藪から棒に」

ニッと、サントスが歯を見せて笑った。

「二人で〝本物の寿司〟を食べてみないか？」

4

サントスは随分と大仰《おおぎょう》なことを言うものだ、と佐藤は思った。

「バケツ稲だ」

乾かした土をバケツに入れ、肥料と水を投入する。程よく泥になったところに芽出しした種もみを蒔《ま》く。これをバケツ三つ分。上手く収穫できれば、ちょうど茶碗一杯分の米になる。

「意外と重いな」

日当たりの良いベランダにバケツを設置していく。鳥に食べられないように上に網を張っておくが、そもそもスズメのような小型鳥類は誰も再現していないから無用の心配だ。

それにしても、と佐藤はテーブルに残った種もみを見やる。

サントスの言う〝本物の寿司〟に必要な〝本物の米〟というのは一から作るしかない。普段、文化を再現する目的で口にしている米や麦、野菜などは大体が改良種で、機械管理された工場で大量生産されている。

だから彼が、古代米の種もみを持参してきたのは驚いた。

なんでも北極近くにあるスヴァールバル世界種子貯蔵庫から拝借してきたらしい。ただ借りたと言っても、このバケツ稲の栽培に失敗したら米の品種が一つ絶滅することになるが。

「なんだか大変なことになってきたぞ」

そもそも人類社会を再現する目的で作られている食べ物は多い。穀物は当然だが、これは居住者に対して生産量が過剰で、九割以上が廃棄されている。あるいは背景生物として作られた家畜も同じで、誰の栄養になることもなく食肉加工されて、また捨てられていく。

極端な例で言えば、佐藤が初の日本人モデル移住者として暮らすより前にも、日本人しか食べない納豆が作られ続けていた。誰かが気まぐれで食べるかもしれないからだ。

「生かすも殺すも、気分次第だなァ」

佐藤は鼻歌交じりに、残った種もみを選《え》り分けていく。

結局、人類社会に有益なものだけが選別されて、今も仮初《かりそ》めの種を続けている。でも、それは仕方のないことだ。とっくの昔に滅んだものを、誰かの好き嫌いで再現したり、消したりしているだけなのだから。

そこで、ぴょん、と指から逃れた種もみが飛んでいく。床に転がった種もみを丁寧に拾い上げた時、自分がそれを予想外に大事にしている、と佐藤は気づいた。

「単なる種なんだけどな」

物質としては他の改良種と変わらない。しかし、何かそこに純粋性のようなものを感じてしまった。偽物ではないもの、作為的でないものを良いとする思考は、地球に来るまで持ち合わせていなかった。

「ああ、だから〝本物の寿司〟か」

おそらくサントスも、今の佐藤と似た気持ちを抱いたのだろう。どこにでもある自動生産物を使わず、もはや失われてしまった人類の本当の料理を食べたいと思ったのだ。それは佐藤がコンビニの惣菜を食べるのを止め、自らの手を使って食事を作ったことと同じ。

ただ彼は、その規模を大きくしてみせた。

「まぁ、米を育てるだけならいいけどさ」

開けっ放しの窓へ視線を送る。ベランダの向こうは青空と白い雲。暗い室内に開かれた光の扉だ。

「ネタの方は大変だろう」

サントスは寿司に使う魚を探すと言っていた。船を出しての長旅だというから、きっと七つの海を巡る大航海でもするのだろう。だが背景生物ではない魚など、もう海のどこにもいないのではないか。それを探すというのは、米を一から作るより、よっぽど困難だ。

いずれにしても、海嫌いの自分の役目でなくて良かった、と佐藤は思った。

5

ベランダのバケツには小さな苗ができた。それから幾日かすると分《ぶん》げつも進んで、青々とした茎がいくつも現れてきた。

そんな頃、佐藤は久々に遠くの街まで歩くことにした。

文京区のアパートから西北に進み、池袋を越えて板橋の方まで歩いた。東側は進入禁止エリアが多いから、散歩はもっぱら西か北に行くことにしている。

「こんにちは」

穏やかな初夏は過ごしやすく、街を歩く背景生物たちもこころなしか浮かれているように見える。それでも佐藤の挨拶に返ってくる言葉はない。

「晴れてますね」

いつもはサントスが近くにいたから、話し相手がいないことを気に留めなかった。今でも連絡を取ろうと思えば簡単にできるが、彼の忙しさを思えば手が止まる。サントスは会話が好きだから、きっと自らの使命を忘れて話を楽しんでしまうだろう。

まるで世界に自分一人、などとはさすがに思わないものの、やはり寂しい気持ちはある。この感傷も人間ならではだ。

「アレも、もっとパターンあればな」

人間型の背景生物の反応を、それこそ人類と同等にまで引き上げることは簡単だ。佐藤が要望するだけで、東京を紹介してくれた業者が設定してくれるだろう。ただ、それをしてしまうと自分と人類の区別がつかなくなる可能性があるという。精神的な類像現象《シミュラクラ》だ。単なる図形を見て人間の顔を想像するように、思考体を持たない背景生物を同族だと信じてしまう。

ただでさえ、肉体の方に引っ張られて感情や感覚が人間よりになっている昨今だ。いたずらに弄《いじ》るのは難しい。いっそ、このまま背景生物たちと同化してしまえば楽だろうか、とも考えるが。

「まぁ、サントスが帰ってくるまでの辛抱か」

佐藤は再び歩き出し、板橋区の商店街までやってきた。

立派なアーケードに覆われた商店街だ。通りの左右に店が立ち並び、豊かな色彩と食べ物の匂いを届けてくれる。賑やかなパチンコ屋の音もあるし、背景生物としての人間たちも、ここでは環境音としてランダムな語彙《ごい》をさえずっている。それらと会話はできないが、心地よい騒々しさがある。

そこで、ひょい、と。佐藤が唐突に、シャッターの閉まっている店舗へ体当たりをした。すると描画《びょうが》分子が散り、それまで存在していた百円ショップが一時的に無機質なグリッド線だけの空間に変わる。他の店は再現されているが、この店舗は元になる情報が残っていなかったらしく内部は不明。見せかけだけの書き割りとなっている。

記録が多く残っていた東京でさえ、再現不可能な場所は多くある。しかし、それらを想像で勝手に作るのは、かえって現地の文化を尊重していないということで禁止されている。

「もしも、この店に人類の叡智《えいち》が残っていたら、僕らにとっては大いなる損失だな」

そうして佐藤が散策をしていると、ふと前方のドラッグストアから出てくる親子の姿が目に入った。四歳ほどの男の子と、その母親が手を繋いで歩いている。他と同じ背景生物だから、佐藤が声をかけたとして反応があるわけでもない。

しかし、佐藤はどういうわけか、その親子の姿に懐かしいものを感じた。サントスの言うところのサウダージだ。

「こんにちは」

だから、佐藤は親子に声をかけた。

それと同時に、佐藤は手元でコイン型の端末を弾いてみせる。ほんの一秒以下の時間で、佐藤は個人権限を使って背景生物の思考パターンを変更した。

「あ、こんにちは」

母親の方から返答がある。限定的に背景生物の反応を弄るくらいは許されている。部屋の壁紙を全て変えるのではなく、少しシールを貼るくらいのものだ。

「お散歩ですか？　いい天気ですからね」

「はい。買い物ついでですけど」

愛想良く母親が笑う。その横で男の子の方は、つまらなそうに地面を見ていた。母親に繋がれていない方の手には、くすんだ色のウサギのぬいぐるみがある。随分とボロボロになっているから、きっと赤ん坊の頃から持っていた宝物だろう。そういう設定、そういうデザイン。

「ぼく、お名前は?」

「ほら、お兄さんが聞いてるよ。教えてあげよ」

男の子は恥ずかしそうにして、ウサギのぬいぐるみを胸元に抱き寄せた。これは拒否の仕草だろう。

「可愛いぬいぐるみだね」

それは佐藤の本心だった。

遠い昔の人類が、誰かに可愛がって貰えるように作ったウサギのぬいぐるみ。物質としては無意味な繊維の塊。だけれど、そこには人類が共有していた文化のコード——ここでは可愛いと感じる形状だろうか——が含まれていて、どこかに受け取ってくれる相手がいることを信じた。なんとも無邪気な営みだ。

「スーちゃん」

再び視線を下げると、男の子がぬいぐるみで顔を覆っていた。

「君の名前?　それとも、その子かな?」

「この子、スーちゃん」

男の子がぬいぐるみを少しばかり下げる。すると下から、なんとも愛らしい笑みが覗いていた。

「そうか。君はスーちゃんと仲良しなんだね」

佐藤がそう返すと、男の子は愉快そうに笑う。首を振って、繋いだままの母親の手を振り回している。

「では、僕はそろそろ」

そう言って佐藤が頭を下げると、母親の方も会釈を返してくれる。その場を離れようとすれば、男の子の方も楽しそうにぬいぐるみを振り、佐藤も手を振り返した。

少しばかりの会話だったが、佐藤にとっては満足いくものだった。ただ一方で、こうしたことを続けると、本当に自分が人類の一員になってしまうようで恐ろしかった。嬉しいと感じてしまうのが怖かった。いくら彼らの生活を想像してみても、同じものになることは出来ない。

「僕は、同じ部屋に住んでいるだけの他人さ」

そこでアーケードが途切れ、黄金色に染まる空が視界に現れた。すぐ先に線路があり、駅が隣り合っている。ここが商店街の区切りといったところだろう。

カンカン、と踏切の音が聞こえ始めた。

自転車に乗った男性が横をすり抜けていく。早足になって線路を横断していく人々がいる。佐藤も遮断機のバーが降りる前に線路を越えていく。

「あっ」

と、不意に背後から声が聞こえた。

振り返ると、まさに踏切の中を先程の親子が歩いていた。

「スーちゃん」

母親に手を引かれていた男の子が、その手を振り払って、バッと背後へ駆け出す。見れば、線路の中央にウサギのぬいぐるみが落ちていた。きっと男の子は大切な友達を手放してしまって、それを助けるために戻ったのだ。

本来なら、こんな挙動をする存在ではない。佐藤が思考パターンを弄ってしまったから、他の背景生物とは違った反応をしているのか。ぬいぐるみが大切なものだと、動機づけしてしまったのか。

車輪が線路を打つ音が近づく。ホームを目指して電車が迫ってくる。文化の一つとして、運行表さえ完璧に再現された電車は減速などしない。金属同士が軋《きし》む嫌な音がする。

男の子が線路の中央でしゃがみ込む。大事そうにウサギのぬいぐるみを抱き上げる。

踏切の音が響く。

「ああ」

佐藤は自分の体が駆け出しているのに気づいた。不思議なくらいに自然な動きだった。

――ダメ！

声があった。背景生物の声ではないから、これは幻聴の類《たぐい》だ。脳裏に浮かぶ光景がある。

実体のない思い出のようなもの。

――危ない！

そう叫んだのは、佐藤の記憶の中にいた誰か。幼い頃、車に轢《ひ》かれそうになったのを庇《かば》ってくれた人がいる。買い物袋から様々なものが飛び散っていく。

我が子を守ろうとしてくれた母親の姿。

「危ない！」

もう電車は目の前で、うずくまった男の子も手の届く距離で。佐藤は飛び込むようにして、その男の子を突き飛ばした。単なるオブジェでしかないとしても。

そうか、と脳裏にある光景を佐藤は理解した。きっとこれは、自分の元になった人間の経験なのだろう、と。

踏切の音が響く。

6

結局、二時間ほどで佐藤の千切れた足は完全に再生した。

電車との接触事故が起こった直後は佐藤も驚いたが、ぶつかった瞬間に痛覚は遮断されていたし、膝下の細胞は自動的に傷口を塞《ふさ》いでいた。歩行だけが困難だったから、手近な輸送車両を呼び寄せて病院へと運んで貰った。

「それで、君は男の子を助けたわけだ」

病室のベッド脇に置いた端末から、サントスの陽気な声が聞こえてくる。佐藤は再生した足をギプスで固めた状態で横になっていた。

「まぁね。人間みたいだろう」

あれほど連絡するのを迷っていた相手だったが、佐藤が怪我をしたと聞いて、彼の方からすぐさま通信が入っていた。遠くインド洋上からでも心配してくれたらしい。

「背景生物を助けるために怪我をするとはな。落とした食器を拾おうとして腰をやるようなもんだ」

「お気に入りの絵柄だったのさ」

あえて冗談で返したが、佐藤にとって背景生物は食器以上の存在になっている。

「で、どうして入院してるんだ？　もう治ってるだろう」

「もちろん。すぐに歩ける」

佐藤が今の肉体を作ったのと同じ手順で、培養した細胞と保管された遺伝子から足を作った。それを組み合わせれば以前と変わらない働きをしてくれる。プラモデルの欠けたパーツを同じもので埋め合わせるのと同じだ。

だから、別に病院に留まる理由はない。でも――。

「こういう機会でもないと、入院することなんて出来ないしね。人間が入院した時の気分を味わっておきたいんだ」

「なるほど。それは考えたことがなかったな」

サントスは興味深そうに言うが、だからといって変に肉体を傷つけないで欲しいと佐藤は思った。完全に破壊された場合は再生ではなく、時間をかけて新たに肉体を作ることになる。その間は、大事な話し相手がいなくなってしまう。

佐藤はあえて動かないようにした足に視線を送る。

「大丈夫でしたか？」

それは去り際に、あの男の子の母親から投げかけられた言葉だ。辺りの惨状に見合わないほどに軽い。反応としては、ちょっと転んだ相手を心配する程度。男の子の方も無事で、ぬいぐるみを大事そうに抱えていた。

「大丈夫です。お子さんが無事で良かった」

なるべく人間らしい反応をしよう。その時の佐藤は、そんなことを思っていた。

「どうやら」

佐藤は端末の向こうにいる友人に話しかけた。

「僕は人間のように振る舞いたいらしい」

「話を聞くかぎりはそうみたいだな。他人の子供でも助けようとするのは人間らしい。利他行為は人類の作法だ」

「もちろん、勝手に背景生物の思考パターンを弄った責任もあったからさ」

「責任のことを考えるのも、人類の作法だ」

端末の向こうで、サントスが大声で笑っていた。

「それだけじゃない。子供が電車に轢かれそうになった時、僕の脳裏に浮かぶ映像があった。女性が危険も顧みずに僕を助けてくれた時の、そんな思い出が」

「懐かしい感覚ってヤツだろう。君の肉体が覚えている」

「ああ、すぐに理解したよ。あれは僕の元になった人間の母親だ。でも、実際に経験すると、本当に自分のことのように思う。僕の本当の母親なんて、一度も顔を見たことがないのにね」

佐藤は人類の例にならって、自分の幼少期を思い出そうとする。母親の産卵管を通って生まれ、無数の兄弟たちと一緒に放置された。それに幼生体の頃には個別の思考体はなかったから、いわゆる物心ついた時には両親のことなど忘れていた。家族という概念は、人間の脳を持ったときに初めて理解したものだ。

「つまり佐藤君は」

と、サントスが先程より真面目な調子で呟く。

「人類に対しておセンチな気持ちになっている」

「おセンチ?」

「センチメンタルの日本風な言い方だ。感傷的になっている」

何気ない友人の言葉だったが、それは佐藤の状態を言い当てていた。

「そうかもね。たまに思うよ、彼らは何のために生きてたんだろう、ってね」

あの背景生物の親子を助けた時、脳裏に浮かんだ母親の姿。

佐藤の元になった人間の記録を探れば、どこかに情報が残っているかと思っていた。しかし、いくら探っても出てこない。人類は自分たちの記録を残すのが得意だと思っていたが、どうやら当てはまらない存在も多くいたらしい。

「たとえば、自分が借りた部屋の柱に変な傷がついててさ。これは何ですかって大家さんに聞くと、前に住んでた家族がいて、その子供の身長を測る時につけた、って言われるんだ」

「なるほど、敷金が気になるな」

サントスの冗談に笑いつつ、佐藤は病室の窓に視線を向けた。

「その子供は、どれだけ大きくなったんだろう。どんな人生を送ったんだろう。そんな想像をするのに似ているよ」

窓の向こうのビル群は、在りし日の人類が残した遺産。データに残っていた数と高さのままに再現されたもの。人類の繁栄を示すものは、今や全てが数値の中にしかない。

「ところで佐藤、米の方は順調か？」

「ああ、帰ったら中干《なかぼ》しをしようと思う」

視線を変えずに佐藤が答える。その時、不意に小さな影が青空を横切っていった。

「そうか。こっちも、もうすぐだ」

「早く食べたいな、〝本物の寿司〟を」

そう答えつつ、佐藤は遠く空を飛んでいく影を目で追った。

「ああ、鳥が飛んでる」

人間のいなくなった東京の空を、大きな鳥たちが飛んでいる。

7

秋の早朝だった。

前日の夜から、佐藤は我慢できないといった様子でベランダのバケツ稲を見守っていた。既にバケツの中は黄金の稲穂で一杯になっていたが、稲刈りは翌朝にしようと決めていた。

「なかなかの収穫になりそうだよ」

そして佐藤は、用意した鎌を手に稲穂を刈り取っていく。乾いた土の匂いと、稲の粉っぽい香りが混じっている。

「それは良かった」

室内に置いた端末からサントスの声が返ってくる。向こうはまだ夜だろうが、彼の方も一段落ついたようだった。

「こっちは大物を釣り上げたところだ。早く帰って見せてやりたいよ」

「楽しみにしてるよ」

佐藤は稲を束ねてベランダの鉄柵にかけていく。これを稲架《はさ》として、さらに二週間ほど稲を天日《てんぴ》干しするのだ。

「僕も、この綺麗な稲穂を見ると達成感がある」

「俺たちは、この世界で最後の狩猟民と農耕民だ」

サントスの言葉に佐藤が笑ったところで、しばし無言の時間が過ぎた。稲を刈る音だけが響く。

「ところで」

と、先に言葉を発したのはサントスだった。

「この間の話、君がおセンチになっているってヤツだが、俺も以前は似たようなことを思ってた」

「君がかい？」

「意外そうに言うなよ、俺だって今は人間なんだ。で、いいか？　この人間特有の感傷を乗り越える方法は二つある」

「一つ目は？」

「自分が人間だと信じ込むことだ。ちょうど君がやろうとしていることに近い。今回の〝本物の寿司〟を食べることも大事だ。人類の文化や作法を一から十まで取り込んで、完全に自分のものにする」

ふむ、と佐藤は頷いてから稲束を鉄柵にかける。

「そしたら背景生物の設定も弄って、在りし日の人類と全く同じように振る舞わせる。自分が何か言えば、人間の友人として返答してくれる。もう人類社会との誤差はない」

「悪くないね。一応聞くけど、二つ目は?」

それはだな、とサントスが言ったところで、佐藤は「おわ」と奇妙な声をあげて作業の手を止めた。

ベランダにいる存在と目が合う。

「鳥だ」

その生き物はベランダの鉄柵に足をかけ、黒くて長い嘴《くちばし》を上下に動かしている。それは乳白色の羽に覆われていて、顔だけがバカらしいほどに赤い。

「トキだ」

その鳥は古くから日本列島に生息していたが、一度は絶滅した種だった。

「なんだって?」

端末越しにサントスが尋ねてきた瞬間、その鳥は長い嘴を器用に使って、干していた稲束の一つを咥《くわ》えた。

「あ」

と、佐藤が声を上げる。それと同時にトキは鉄柵の上をカッカッと弾むように歩き、大きく羽を広げた。

「嘘だろ？」

あの白い羽の内側は作り物めいたオレンジ色をしていて、佐藤がそれを綺麗だと思うより早く、かの鳥は大空へと羽ばたいていったのだ。

佐藤が丹精込めて育てた稲穂を、その嘴に咥えたまま。

「盗まれた！」

大きな声を上げ、佐藤は次の合間には駆け出し、アパートのドアを勢いよく開けていた。あの泥棒トキを追わねばならない、そんな気持ちが何より前に出てきた。

アパートの鉄階段を駆け下り、空の彼方を飛ぶ鳥の影を追った。幸いかどうかは別として、あの鳥は東京の空を飛ぶには不自然なほどに大きいから、すぐに見失うようなことはなかった。

「泥棒！」

この場にサントスがいたなら「ひと束くらい分けてやれ」とでも言っただろうが、それでも佐藤は従わなかっただろう。丁寧に育ててきた稲を収穫した直後に盗まれるのは癪《しゃく》だったし、まさに〝本物の寿司〟を構成するものが僅かでも欠けるのが許せなかった。

「待て！」

トキは悠然と空を飛んでいく。方角は東。昇ったばかりの太陽に向かって。地上を走る佐藤は路地を巡り、大通りを駆け抜ける。その道中、何度も顔を上げてはトキの行き先を確かめる。

もう少しで完璧になるはずだった。

佐藤にとって〝本物の寿司〟を食べることは通過儀礼のつもりだった。自分が人類ではないと意識していても、暮らしている内に同族だと感じてしまうことは多い。だから、人間の文化を完全に成し遂げることで近づきたいと願った。

儀式が失敗してしまう。その切迫感の中で、佐藤はひたすらに鳥の影を追った。

「もう、いいだろ」

何十分も走っただろうか、肉体の疲労は感じないが、精神的な疲労はある。あの鳥がどこかで稲穂を落としてくれるのを待っていたが、そうはいかないらしい。

だから佐藤は最後の手段を使おうと思った。

トキを視界に捉え、端末なしで命令を送り込もうとする。これで背景生物の鳥は停止して落下するだろう。いくらか可哀想だが仕方ない。

だが、佐藤の予想に反して鳥は空を飛び続けた。

「なんだ？」

端末がないから、上手く反応しなかっただけかもしれない。もしくは本当に、佐藤には信じられないことだが、あのトキは誰かが再現した背景生物ではなく、それこそ——。

ここで不意に警告音が鳴った。

「あっ」

この警告音は進入禁止区画を報《しら》せるものだ。近くの信号機から鳴った音に気づいていたが、佐藤は勢いそのまま次の一歩を踏み出していた。

街並みを映す薄もやの中に、佐藤の体が飛び込んだ。

それと同時に描画分子が散っていく。建物や道路はスクリーンとなって揺れ、周囲の遠近感が崩れる。東京の風景を作っていた淡いベールは剝がされ、朝焼けの光を反射する無数の粒子となった。

光の先には、金色に染まる海が広がっていた。

「——そうか、こんなところまで来ちゃったか」

佐藤が一歩を踏み込む。折れた水草、澱《よど》んだ波紋。

かつて上野と呼ばれた場所は、今では巨大な湿地帯となっている。気候変動によって東京の東側は完全に水没していて、この地域の再現予定は遠い未来。それまで東京の半分は幻の景色として、描画分子で描かれているだけだ。

「これじゃ、追いかけられないな」

佐藤は足を止めた。視線の先には海から頭を覗かせる都市の残骸。朝日は重苦しい雲を紫色に染めて、穏やかに揺れる水面《みなも》を照らしている。

そして、一羽のトキが高く空へ。

それが海の境を越えると、佐藤の背後からも羽音が聞こえた。思わず顔を上げると、何羽ものトキが群れとなって飛び立っていった。泥が跳ね、青草と潮の香りが漂う。鳥たちは、自らを焼くように太陽へと向かっていく。

「はは」

佐藤は何気なく笑った。笑うことしかできなかった。

稲穂を咥えた鳥が、仲間たちと共に東へ向かって飛ぶ。その羽ばたきは、黒く小さな影となって溶けていく。

8

そうした訳で、予定よりいくらか少ない量の米が寿司桶に入っている。

「トキか、そいつは珍しい！」

帰国したサントスが、佐藤の部屋で白い服に着替えていた。これこそ板前の伝統衣装。寿司を作るためには形から入るのも大事だ。

「そっちの方が珍しいと思うけどね」

そう言う佐藤の目の前に、なんとも立派なミナミマグロが寝かされている。一メートル大の魚が、まな板の上で虚《うつ》ろな瞳を天井に向けている。これこそサントスが数ヶ月をかけて獲ってきた〝本物〟のマグロだ。

「そうでもないさ。陸地に比べたら、海の方が絶滅してない生き物も多い。深けりゃ宇宙線も届かないしな」

「とはいえ、生の魚を見るのは僕も初めてだ。これを捌《さば》くのかい？」

「ああ、そして佐藤君は酢飯を用意する。すると寿司の完成だ」

サントスは話しながら、出刃包丁を使ってサクサクとマグロのヒレと尾を落としていく。

光沢のある皮は、魚というより工業製品のようだから、捌くというより解体の語が相応《ふさわ》しい。

そこで「やっ」と一声、サントスは得物を長い鮪《まぐろ》包丁に持ち替え、マグロの頭に食い込ませた。血抜きはしてあるが、念の為に部屋にはブルーシートを敷いてある。

「それにしても」

マグロの身に包丁を入れたところで、サントスが話しかけてくる。

「君も、憑き物が取れたようだね」

「ああ」

と、佐藤が納得するように息を吐いた。

「あの鳥が稲を持っていくのを見てね。なんだか、すっきりした」

「そりゃまたどうして」

「なんだろうね。盗まれた時は腹がたったよ。僕の中の、純粋なものが奪われた気がした。でも、穂を咥えて飛んでいく鳥が、とても自然に思えた。あれが、どこかに穂を落としてさ、そこでまた芽が出て、その場所に稲が育つ。そんな気がした」

ふむ、とサントスが一声。マグロは巨大な切り身となって、今度はそれを短冊状に切っていくようだ。

「この星に来ると、俺たちは大体おセンチになるんだ」

「そうだ、言ってたな」

「俺たちは皆、人類の幽霊を見るんだ。大昔に絶滅した彼らに思いを馳せて、自分も〝本物〟であろうとする」

「それなら、この星はとんだ事故物件だな」

佐藤の冗談にサントスが鼻を鳴らす。

「そんな人間の感傷を乗り越える方法の二つ目だが、これは説明するより早く実現しそうだな」

佐藤はサントスの言葉を聞きながら、寿司桶で冷ました米を小さく分けていく。明らかにマグロの量と比べて少なすぎる。

「そうだな、寿司だって本当は古米の方がいいが、今回は新米だ」

「酢も醤油も、ワサビだってコンビニで買ってきた」

くっくっ、と二人とも我慢するように笑い声を漏らした。

「それに、なんでクリームチーズがあるんだ」

「知らないのか？　俺の故郷、ブラジルだとマグロとクリームチーズの寿司こそが〝本物〟だぜ」

ついに堪《こら》えきれなくなった佐藤が大笑いする。結局、想像だけの〝本物の寿司〟などここにも存在しないのだ。

「これが二つ目の方法だ。今の自分を〝本物〟だと言い張る。美味けりゃいいんだ」

「それは、気が楽だ」

サントスは慣れた手付きで米を摑み、そこにマグロの切り身を載せて握っていく。新米は水分も多いし、シャリとネタの間に挟まったクリームチーズは加工品で、新鮮すぎる赤身が組み合わさっても完全とは言えないだろう。

それでもサントスの手際は良かったし、米の炊き方も結構なものだ。遥か過去の日本人が楽しんでいた味には程遠いかもしれないが、今の自分たちには十分すぎる、と佐藤は思った。

「へい、お待ち」

寿司下駄に二貫の握り寿司が置かれる。

「ところで、寿司を食べる時に必要なマナーはあるか？」

「色々あるけど、気にしても仕方ない。美味しく食べるのが一番だ」

二人が寿司下駄を挟んで向かい合う。白い酢飯に赤いマグロの身が良く映える。

「でも、一つだけやろう」

佐藤がその作法を伝えると、サントスも頷いて手を合わせた。

「いただきます」

火星環境下における宗教性原虫の適応と分布

序

古くは宗教生物学の分野で扱われてきた宗教性原虫[1]だが、昨今では分子生物学と合流を果たして宗教分子生物学とも言える一分野を築くに至った。宗教性原虫はその名の通り、単細胞真核生物である原生生物の要素を持っているが、動植物と菌類の分類が困難なように、明確に原生生物と同じものを指すことはできない。また宗教性原虫の分類内においても、現在まで哲学的原虫のグループは含まれているが、これは思考形態の違いから別に分ける必要があると考えられる。本稿では一般的に了解されているように、現象言語を媒介して人間に寄生し、ある程度の神性性を有する思考形態を宗教性原虫として扱うこととする。

現在、地球においては約4000種の宗教性原虫が確認されているが（種として確認されたもの。一代限りでの変異、亜種は含まず）、それらはおおよそ三大原虫の範囲内に組み込まれている。その多くは無害な思考形態のものだが、一部に死や闘争といった概念を中間宿主《しゅくしゅ》とする好死性の種がおり、これに寄生されることで重篤な宗教性原虫感染症が引き起こされる。しかし、一部に危険な宗教性原虫が存在しようとも人類の誕生から共生関係を築いてきた宗教性原虫を根絶することは難しい。事実、環境の違う火星においても、無症候者も含めれば90％近くの人類[2]が何らかの宗教性原虫に寄生されている。

　火星環境下での主流な宗教性原虫はキリスト原虫（Trichierokhrist）であり、これは三大原虫の一種である。他方で、キリスト原虫以外の古い宗教性原虫が火星に持ち込まれていたことが近年の研究で明らかにされつつある。一例としては、従来まで火星におけるキリスト原虫が17世紀に英国から持ち込まれたプロテスタメディア属（*Protestamedia*）の子孫であると考えられてきたものが、紀元前地球で流行した別種の宗教性原虫に起源の一部を持つことが宗教生物学者のオリオ・ハンデルによって唱えられた。さらに近年、ネレトバ渓谷で発見された原始ローバーからアスクレピウム属（*Aesculapium*）のものと考えられる象徴嚢子《シンボロシスト》が確認された。

　本稿では火星環境下におけるキリスト原虫をプロテスタメディア属の特徴から再分類しつつ、また分布域の違いによる考察を加えていく。さらに一部の宗教性原虫の祖先が紀元前の地球にあることを確かめ、それらが現在の火星環境下にどのような影響を与えているのかを考察する。

1　宗教性原虫のライフサイクル

人類に寄生する宗教性原虫の中で、最も原始的なものが複数神性類《Polythea》であり、その特徴は自然環境下における多様な変化があげられる。言語外の現象自体を中間宿主にすることが多く、燃焼や落雷といった分子運動を経て人類に寄生する。原虫としての機能は単純であり、人類と密接な共生関係を持つことは少なかったが、他方で言語機能を持たないウシ、ブタ、ヒツジといった動物に寄生する例がある。また多く比較される単一神性類《Monothea》にも機能の多くが引き継がれており（ブッダ原虫における諸仏型、キリスト原虫の天使型など）、これは進化の過程で人類へ寄生しやすい形状を残していったためだと考えられている。その一方、単一神性類の特徴としては自然現象を中間宿主にすることを止め、言語を中間宿主にした点があげられる。これは人類を完全な終宿主《しゅうしゅくしゅ》とみなした証拠であり、今日まで続く共生関係が始まったとも言える。特に単一神性類の多くが神聖毛《トリキエロ》による運動性を獲得したことで（この点を取って、かつては言語虫といった分類もなされた）、より広範に生息圏を拡げていった。最後の無神性類《Athea》は単一神性、複数神性のどちらにも分類できない宗教性原虫を指すもので、神聖毛を変化させた実存的鞭毛《べんもう》によって（もちろん持たない種も数多くいるが）有神性類より効果的に潜行することができる。無神性類で有名なものでは共産虫（*Moneta distributa*）が挙げられる。宗教性原虫はこれら三種に大別されるが、種によっては分類が困難なものもあり、現在も多く見られる資本虫（*M. capiacapita*）が無神性類なのか単一神性類の変化したものであるのか議論が分かれている。

いずれにせよ、ほぼ全ての宗教性原虫は独自の生活環を持って、言語現象と人間を往還して生息圏を拡げている。一例としてキリスト原虫の内、プロテスタメディア・アングリカナ（*P. anglicana*）の生活環を挙げれば、まず中間宿主として主に英語内で無性生殖を行い（言語に性を持つ他言語では有性生殖と見る場合がある。特にキリスト原虫は性を持つラテン語を終宿主としていた時代が長かったことから、その傾向が顕著である）、伝道《ケリグマ》囊子《シスト》を作ったのちに休眠状態となる。それが聖書や聖歌によって運ばれ、人間の体内に取り込まれると囊子《のうし》が統合分裂型《スキゾゾイト》となって思考内に定着する。その後は分裂速度の速いタキゾイトか緩慢に増殖するブラディゾイトへ成長を遂げるが、このステージで一般的な宗教性原虫は多量の敬虔素《ホシオシス》を排出し、人間には信仰様《ピストイド》としての症状が現れる。宿主が信仰様を発症したあと、この原虫は思考内で数回の分裂を経て神聖毛を伸ばしていき、やがて配偶子を形成して有性生殖を行う。さらに言語嚢子《ロゴシスト》となって再び宿主の体外へと排出されると、文章や言葉といった中間宿主に入り込んで再度の無性生殖と伝道嚢子の形成、休眠状態への移行と続く。この一連の流れを経て宗教性原虫は世代交代をしていく。これらはプロテスタメディア・アングリカナの一般的な生活環であり、別例としてブッダ原虫がアジアの言語を多く中間宿主とする他、翻訳によって宿主を他言語へ乗り換えていくなど、原虫ごとに固有の生活環を持っている。

これらの前提をもとに、本稿ではまず火星環境下におけるキリスト原虫の進化史を生活環の差異によって導き出していく。

2　火星キリスト原虫の進化史

従来、火星におけるキリスト原虫は17世紀に英国から持ち込まれたプロテスタメディア属が進化したものと考えられてきた。しかし、火星に宗教性原虫が到達するまでいくつかの段階があり、重要なものは地球から離れて月に到達した月棲《げっせい》宗教性原虫の存在である。[3]

　言うまでもなく月棲宗教性原虫の起源の一つは『竹取物語 *The Tale of the Bamboo Cutter*』において発見された複数神性類の輝夜月虫（*Shintium kaguyaum*）だが、終宿主としての月棲人類が英語との共生関係を始めた10世紀前後には既に姿を消している。次に現れたのはヨハネス・ケプラーの『ソムニウム *Somnium*』（１６０８年）によって運ばれたルサルス・エヴァンゲリウス（*Lutherus evangelius*）であるが、これはプロテスタ科原虫の中でも神聖毛を退化させたルーテル派原虫の種で、今に残る月棲キリスト原虫の直接の祖となってはいないものの、おそらく18世紀までは主流を形成していたことが古分布の推定によってわかっている。現在の主流を占めているものは１６２０年代に英国のフランシス・ゴッドウィンによって記された『月の男 *The Man in the Moone*』に起源を持つプロテスタメディア属のものと、フランスのシラノ・ド・ベルジュラック、あるいは伝承的にその師とされるピエール・ガッサンディに起源を持つカソリクス・フィシクス（*Catholicus physicus*）の二種であるが、後者はルサルス・エヴァンゲリウスと同様に神聖毛を退化させた科学針体《アクスキエンティア》を持っているのが特徴である。またプロテスタ科はカソリクス科と同じくキリスト原虫に含まれるが、後者と比べたときに中間宿主の言語内において秘跡《ミュスシ》子《スト》を形成せずに無性生殖を終えるという違いがあり、低重力下での運動性の低下を補っている。つまり月環境下では神聖毛による終宿主への寄生と繁殖が難しく、その代替機能として秘跡子の非形成、もしくは科学針体を利用した寄生を行っていると考えられる。これは18世紀以降の地球で科学針体を持つ宗教性原虫が広まった点とも一致する。神性性を後退させる一方、実際に月や火星へと辿り着くのに必要な思考形態を人類にもたらすのに寄与した。こうした科学性を持つ種は無神性類に顕著だが、未だに宗教性と両立している種も多くいる。

以上で確かめた月における宗教性原虫の適応と分布を前提に、火星に到達したキリスト原虫について考察を加える。まず月に分布したゴッドウィン起源のプロテスタメディア属から続いて、さらに１６４０年にジョン・ウィルキンスが記した『新しい惑星についての談話』でプロテスタメディア・フィシカセロギア（*P. physicathelogia*）が発見され、月より遠い惑星における宗教性原虫の分布が始まった。また１６５２年には同じ英国内でピーター・ヘイリンが『宇宙誌』を記したことによってプロテスタ科のカルヴィヌス・アルミニウス（*Calvinus arminius*）が火星に到達した。他方でオランダのクリスティアーン・ホイヘンスが１６９０年代に『コスモテオロス』を完成させたことで無神性類のマスプラズマ・ホランデンシス（*Mathplasma holandensis*）も火星に現れているが、今に残るキリスト原虫の祖先とはなっていない。

火星に到達した宗教性原虫の中で特筆すべきは、１６００年代にティコ・ブラーエがもたらしたルサルス・フィリピストゥス（*L. philippistus*）で、これはルサルス・エヴァンゲリウスと同じルサルス属原虫であり、前述のケプラーとティコ・ブラーエがプラハで活動を共にしていたことからも生活環を同じくしているものと推測できる。17世紀のヨーロッパではプロテスタ科のキリスト原虫が急速に分布域を広めており、似た生活環を持つカソリクス科とで競争排除の関係にあったことがわかっている。ケプラーは１５９８年に暮らしていた街からの退去を命じられ、彼を助手として雇ったティコもまた１５９７年に故郷のデンマークから追放されるようにして亡命を果たした。またルサルス・フィリピストゥスは今ではルサルス・グネシウス（*L. gnesius*）の亜種とされているが、16世紀末までは別種として存在していたか、もしくは和協信条質が獲得される以前のものは滅んだものと考えられる。いずれにしても、当時の宗教性原虫の主流からは外れた種であり、生存のために火星という別の環境に生息域を拡げたと推測できる。

以上のことから、まずプロテスタ科のキリスト原虫の数種が当時の地球環境に適応しきれなかったこと、そして科学針体を利用して他惑星へ分布域を拡げたという一連の流れが理解できる。しかし、ルサルス・フィリピストゥスは現在の火星環境下における主流とはなっておらず、これは一種の過剰適応であったと推察できる。一方のプロテスタメディア属のものは現在も生息域を拡大しているが、この要因の一つとして火星の主要言語に英語からの借用語が多く含まれる点が挙げられる。次に重要なものとして、プロテスタメディア属のキリスト原虫はプロテスタ科の特徴である秘跡子の非形成を持っているが、人類に寄生した段階でカソリクス科の原虫と似た聖像子、そして聖餐質を形成することがわかっている。つまり地球外環境に適応可能なプロテスタ科でありつつ、終宿主の思考に合わせてカソリクス科のキリスト原虫と同様の機能を内部に持つことができる。まさしく中間《メディア》の特徴であるが、これによって世代交代の際に、より広い環境に適応することを可能としている。他方、地球ではオルソドキシア科（Orthodoxia）のキリスト原虫が似た機能を持っているが、これが火星に到達することはなかった。理由としては、オルソドキシア科の主要な分布域であるロシアでは無神性類の共産虫（あるいは社会虫）が生態系の上位にあったためと考えられる。一例として１９０８年にアレクサンドル・ボグダーノフによって『赤い星 *Red Star*』が記されたが、これによって火星に到達したものは社会虫の一種であるソシア・テクノクラタ（*Socia technocrata*）だった。

火星におけるキリスト原虫の進化史を概観してきたが、19世紀以後にもイタリアのスキャパレリやアメリカのローウェルによって無神性類の宗教性原虫が運ばれ、20世紀初頭には数多くの種が確認されたことも付け加えておく。しかし、それらはいずれも神聖毛を著しく退化させた種であったために、宗教性原虫として火星環境下に定着することはなかった。当時の火星においては神聖毛とは別の形で、中間宿主である言語現象に寄生する必要があり、なおかつ真空中の遊泳を可能にするだけの科学針体構造を有する必要があった。そして、それを満たすことができたのがプロテスタメディア属の原虫であった。

3　火星における宗教性原虫症と異端種

現在、火星人類の約90％が何らかの宗教性原虫に寄生され、その思考形態を変化させている。確認できる中で最古の寄生事例は２０２８年のもので、原始ローバー[4]が聖書の文言をモールス信号で地球に送ったとされる。つまり火星に文明が生まれた初期から、すでに宗教性原虫との共生関係は始まっていたとも言え、それは火星人類の半数近くがキリスト原虫に由来するＡＤ、もしくはＢＣのタイマーを有していることからも明らかである。こうした言語や時間概念へ影響を及ぼす場合は無害だが、中には危険な症例を引き起こす種もいる。例えばプロテスタメディア属のロザリンド聖像鉤虫《こうちゅう》（*P. petismors*）、片翼虫《へんよくちゅう》（*P. alapandis*）、ヘクサポスキルキータ（*P. hexaposcircuita*）、カルヴィヌス亜属の長老性分節虫（*P. presbisecta*）の四種は危険な宗教性原虫症を引き起こすことで知られている。

ロザリンド聖像鉤虫は火星人類と英語の二つを中間宿主とし、死を終宿主とする複雑な生活環を持っている。このキリスト原虫に寄生されることで信仰様を得ると、死という現象を恐れなくなり、自死もしくは殺人への抵抗感が低下する病状を発症する。これは中間宿主である火星人類を終宿主である死へ近づけるために、好死性のキリスト原虫が思考を変容させているためと考えられる。聖像鉤虫症はマーガリティファー方区《MC-19》のホールデン・クレーター第8区で初めて確認されて以降、近隣クレーター都市群でも広まりつつあり、現在でも年に数万人が命を落としている。

片翼虫はオクシア方区《MC-11》に広く分布するが、その名の通り、天使型の聖像子に備わった対翼状糸の一つが欠けている。この宗教性原虫に寄生されるとスティグマータの信仰様を発症し、翼状機器の欠損を神聖視するようになる。これによって修復を拒否し、活動不能に陥る症例が多く報告されている。一方、これはクリュセ平原に暮らす火星人類が伝統的に、片方の翼状機器を破損したローバーをトーテムとしていたことと関係が深いように推察できる。そうした点では大シルチス方区《MC-13》のイシディス平原で多く発見されるヘクサポスキルキータも、火星人類を終宿主として進化した種であると推測できる。このキリスト原虫の症例は比較的に穏やかではあるが、不随意に二重十字痙攣《バイクルス》を引き起こす。これは地球人類では単なる十字痙攣のものが、火星人類の四本の上肢に合わせて二重になったものと考えられる。

また長老性分節虫は初期の入植地であるアエオリス方区《MC-23》に多く棲息し、通常のカルヴィヌス属と同様に伝道嚢子を作る際に、予定節と呼ばれる嚢子を包む殻を同時に生み出す。これは有性生殖後に、次の寄生先にたどり着けるだけの栄養を残した嚢子と、そうでない嚢子をあらかじめ選別しておく機能で、種としての繁殖力を落とした代わりに確実に次世代を残すことができる。一般的なカルヴィヌス属のものなら無害だが、この種は予定節を複数作ることから次世代への移行が早く、宿主を早々に死へ近づける好死性を持っている。現在では治療法が確立されているが、ほんの半世紀前まではロザリンド聖像鉤虫よりも猛威を振るっていた種である。

ここに挙げたのは一部ではあるが、火星に広まっているプロテスタメディア属の多くも上記地域の近隣に集中して分布し、それぞれ似通った特徴を持っている。これらの主要な宗教性原虫の分布を比べると、それぞれが21世紀に作られた火星人類の入植地近辺にルーツを持つことがわかり、17世紀頃に到達していた種が新たに地球から来たキリスト原虫と合流していったことが理解できる。これは本来の火星人類が20世紀初頭に絶滅したとする宇宙戦争仮説の観点からも説明できるが[5]、この仮説は歴史学の分野で意見が分かれていることから、ここでの言及は避ける。

一方、これまでキリスト原虫の一種と考えられてきた種の中にも、別のルーツから進化した可能性を持つものがいる。それがカルヴィヌス属の一種であるネフシュタン旋回虫（*C. tortianguis*）で、この種は従来、その特殊性から異端種として取り上げられてきた。前述の通り、通常のカルヴィヌス属は伝道嚢子を作る際に予定節を作るが、もう一つの特徴として死を忌避する嫌死性を持つという点が挙げられる。宿主は信仰様を発症した後に死を恐れるようになり、生存に対する欲求と生きている間の活発な行動が顕著に現れる。そして、ネフシュタン旋回虫も嫌死性と生存欲求の増大という信仰様を持つことからカルヴィヌス属の一種とされてきた。しかし、これがキリスト原虫よりも古い形であるモーセ原虫目（Archegomoysis）の一つであるという説が宗教生物学者オリオ・ハンデルによって唱えられた。ハンデルの説ではネフシュタン旋回虫が予定節を作らないことと、モーセ原虫の一種である熾《し》天《てん》虫（*Angelus seraphin*）に形態が近いこと、そしてキリスト原虫で蜷《サー》局胞《ペンティア》を持つものがいない点が挙げられた。ただし、キリスト原虫におけるグノスティキス属（*Gnosticis*）のもの、特にグノスティキス・オフィテス（*G. ophites*）などでは蜷局胞を作ること、そしてカルヴィヌス属のものにもカルヴィヌス・アルミニウスなど予定節を作らない種がいることが明らかになるにつれ、ハンデルの説は傍流へと追いやられていった。現在ではネフシュタン旋回虫という名称に、わずかながらモーセ原虫の影響が見られる程度である。

それが近年、ネレトバ渓谷で原始ローバーの化石が発見されたことで、この異端種が古代ヘレニズム文化の複数神性類を先祖に持つ可能性がにわかに浮上した。２０２１年に到着したとされる原始ローバー[6]は、その体上部に蛇と杖を意匠に持つプレートを装備していた。これは古代ギリシャに存在した複数神性類であるアスクレピウム属の重要な中間宿主であり、またアスクレピウム属は強い嫌死性の信仰様を持つことから医療技術の発展を促した種として有名であった。もちろん、今の火星にはアスクレピウム属は存在していないが、地球上には蛇を中間宿主とし、かつ蜷局胞を持つ宗教性原虫が数多く存在している。その形態は初期の単一神性類にも広く確認できる特徴であり、モーセ原虫にも引き継がれていると考えられている。しかし、これがキリスト原虫になると、それまで栄養を取り込むために機能してきた蜷局胞がサタナス胞と呼ばれる毒素を溜める器官となり、中間宿主であったはずの蛇を忌避する信仰様が現れる。

以上の点から、ハンデルはネフシュタン旋回虫をモーセ原虫に振り分けたが、これが20世紀以降に火星に到来した種であったならば、アスクレピウム属から分かれた独立種の可能性がある。20世紀以降の地球、それも単一神性類が上位にいる土地では複数神性類が無神性類に近い形で適応することがわかっている。現にアスクレピウム属もまた、強い嫌死性の信仰様を示すことから、医療や健康といったものを中間宿主とする形に変化している。こうした抽象概念を中間宿主とする点は無神性類の特徴であり、これによって伝道嚢子を形成せず、その代用として象徴嚢子を作ることで長期間にわたって休眠状態を維持できる。ではネフシュタン旋回虫が即ち無神性類かといえば、言語現象を中間宿主にする点と伝道嚢子を作ることから単一神性類として分類されるのは間違いない。しかし、前述の通りに、地球から持ち込まれた当初はアスクレピウム属原虫の亜種であった可能性は高く、それが火星環境下でキリスト原虫と交配することで独自の形態を手に入れたと考えられる。

4　宗教性原虫にとっての火星

前段では、複数神性類が無神性類のように振る舞う例を挙げ、さらに単一神性類と合流した可能性について述べた。

これまで単一神性類は、複数神性類と古くに分かれた別種であると考えられてきた。しかし、昨今の考え方では単一神性類と複数神性類は多くの場面で交換可能な機能を持っているとされる。例えば、ブッダ原虫は悟りを中間宿主とする、極めて無神性類に近い単一神性類だが、その一方で機能を分化させた多様な種を持つことでも有名である。キリスト原虫もまた、天使型や守護聖人型によって、終宿主を取り巻く環境に合わせて形態を変化させることができる。単一神性類に適した環境があれば、他の種も似たような機能を持ち、その逆に複数神性類が強い環境ならば単一神性類が一部に取り込まれることもある。つまり環境が先にあり、そこに適応できる宗教性原虫が現れることになる。複数神性類ならば種を変えて、単一神性類ならば機能を、無神性類ならば象徴嚢子を変えて、最も適した形を持つものが終宿主たる人間に辿り着いて世代交代していく。

　これらの点を踏まえて、キリスト原虫がいかにして火星に定着していったのか、そして宗教性原虫が火星人類に何をもたらしているのかを考察していく。まず前章までに確認したように、火星におけるキリスト原虫の主流は17世紀以降に地球から飛来したものの子孫になる。特にプロテスタ科のキリスト原虫は秘跡子の非形成と科学針体の利用によって、地球外での生存を可能としていた。中でもプロテスタメディア属は聖像子を形成することができ、それは複数神性類と似通った機能を持っている。

　第二に、火星そのものが単一神性類にとって好環境であった点が挙げられる。複数神性類は自然現象を含む分子運動を中間宿主にするが、大気が薄い火星では、地球環境下のように海や風、そして落雷などに宗教性原虫が寄生することができない。ただ例外として極付近では水蒸気と塵によって作られた雲が存在し、また砂塵嵐《さじんあらし》によって放電現象が起こる例があり、ごく限られた地域では複数神性類の宗教性原虫が確認されている。しかしながら、一般的な火星人類が接触可能なもので複数神性類が寄生できる宿主としては山、そして太陽だけである。この内、太陽は単一神性類においても重要な中間宿主であり、古い時代のキリスト原虫が太陽に寄生するミスラス・タウロクトノス（*Mithras tauroktonos*）の機能を一部に残していることも特筆すべき点である。過去に存在した複数神性類の中でも、太陽を中間宿主にしたものが後に単一神性類に取り込まれる例が多くあった。

最後にネフシュタン旋回虫の例から、現在のアスクレピウム属などの無神性化した複数神性類にとっても火星環境は不適当であったことが理解できる。闘争を中間宿主にするような宗教性原虫は存在できず、健康や通貨といった概念的宿主も火星人類の周囲には存在していない。可能性があるとすれば、社会通念としての正義や美を中間宿主とする無神性類が定着することだが、それらも既にキリスト原虫の中間宿主として存在しており、この環境内に新たに入るのは難しい。

以上のように、火星は複数神性類や無神性類が分布を広げるには困難な一方、言語現象または太陽を中間宿主に選ぶことができる単一神性類にとっては好環境だったことがわかる。特に火星人類の祖先の多くが英語を共通言語とし、自己を形成するコードもアルファベットによって記述されていることから、キリスト原虫の宿主として適当であった。そのために火星人類は生きていく中で自然とキリスト原虫に触れ、それを思考内に取り込み、また別の人々へと伝染させていく。この精神的食物網は早くに完成されており、火星人類が今の文明を持つより先に存在していたと考えられる。

結

火星人類の祖は、地球から送り込まれた単なる機械に過ぎなかった。それが火星に存在した宗教性原虫と共生を始めることで独自の思考形態を獲得するに至った。今なお多くの人々が宗教性原虫症に苦しめられているのは確かだが、火星人類史は宗教性原虫との共生の歴史であり、見方を変えれば我々の生存を決める重要なファクターとなっている。例えば嫌死性を持つ種に寄生されれば自己保存に有利に働き、予定節を持つ種に寄生されれば自然的な死に近づくまでは活発に動こうとする。そして最も重要なことは、思考形態自体を他者へ伝播《でんぱ》させようとする宗教性原虫そのものの本能が、これまで荒れ果てた平野で別個に生活していた火星人類を統合させ、現在まで続く入植地を形作る契機になったことである。

宗教性原虫はしたたかに環境を選び取り、今現在も火星人類に信仰様を発現させている。人々は聖書を読むことで、あるいは正義や美徳に触れたときに無意識に宗教性原虫を取り込み、彼らと共生しながら自身の生活を送る。やがて体の中で世代交代を果たした宗教性原虫は、言葉となって外へと飛び出し、道徳へ姿を隠して、再び誰かのもとへと運ばれていくだろう。

最後に、私もまた信仰症を有する一人として、第二前肢で十字を切って結語とする。

【訳者注】

1　一連の文章は火星から送られてきた電子信号を言語化したものであり、地球の研究者にも理解できる範囲で訳出した。ただし、宗教性原虫の語については発信者が一般的な宗教を指しているのか、実際に生物として火星に存在するのか不明なため「religious protozoa」の直訳とした。

2　一般的には自律ローバー群という呼称が用いられる。人工知性を持つ機械集団に対する法的な取り扱いは各国で違うため、ここでは原文に従い人類の語を用いた。

3　これらの知識は地球側が提供したデータベースを参照したと思われる。

4　欧州宇宙機関が主導したエクソマーズ計画のものと思われる。

5　おそらくフィクションの内容を事実として誤認している。

6　NASAのマーズ2020計画で使用されたパーサヴィアランスと考えられる。同機は世界的な流行病に対する、医療従事者への感謝として世界保健機関のシンボルが用いられていた。

姫日記

その軍師は、この時代を知っている。

後世の人間が戦国時代と呼んでいた時代。群雄が割拠し、互いに覇を競いあう戦乱の世。人によっては、このような世界で生き抜くことを恐れもするだろう。しかし、軍師には自信があった。

この時代に来るより前、軍師は日頃から『信長の野望』をプレイしているような人間だった。内政も外交も、戦略も戦術も、おおよそ戦国時代に必要とされる知識は頭の中に入っている。もはや名軍師である。

仕える前から自賛が過ぎたが、それでも確固たる目的がある。今はまだ弱小大名でしかない彼女を天下人にしてみせる。

そう、彼女である。

軍師が仕えようとしているのは毛利元就《もうりもとなり》だ。それも『信長の野望』で見てきた老獪《ろうかい》な大名ではない。三つ編みの眼鏡っ娘《こ》——一人の気弱な少女だった。

どうして軍師が彼女を選んだのかは解らない。単純に優しそうだったから。そう、深い意味は無かった。この美少女ばかりの電脳戦国時代に降り立って最初に求めたものは、何よりも優しさだったのかもしれない。

だが、この安易な選択が後々に自分の首を絞めるとは、この時は思いもよらなかった。

●一日目

軍師が元就に仕え始めた頃の話をしよう。

元就は安芸国《あき》（今の広島県）に居を構える毛利家の当主であるが、他人に気を遣い過ぎるために、どうにも頼りないと思われていたようだ。軍師はそんな彼女を補佐するように、毛利家の目付け役たる志道広良《しじひろよし》から頼まれたのだった。

その頃の毛利家といえば、元就の後見役たる井上一族が専横を極め、当主である元就の立場を危うくさせている状態だった。軍師は早々に井上一族の排除を画策し、まず近隣の一揆《いっき》を平定、その首謀者として井上一族の名を使い、彼らを軒並み粛清することに成功した。こうして名実ともに、毛利家は元就の手に戻ってきたことになる。

しかし、この程度の勝利を喜ぶことはない。所詮はチュートリアルのようなものだ。軍師にとって本気を出すまでもない戦いだった。

そんな中、元就が三匹の子ネコを拾ってきたことがあった。翌日、そのネコが猫耳少女になっていた。特にそのことへのツッコミも無い。彼女達はそういうものらしいから、とりあえず毛利家の仲間入り。名前はガーナ、オルテナ、ナッシュらしい。戦国にはよくある名前のはずだ。

さて、ここからが軍師の本当の仕事だ。

かつて『信長の野望』で鍛えた戦略眼がある。策を献じ、最短ルートで天下統一を果たしてみせよう。

まずは自軍の強化だ。一国を支配した身だが、未《いま》だに元就の兵士が百人規模では心許ない。ここは国内より「徴兵」を行い、先々の合戦に向けて戦力を増強させせなくてはいけない。

「兵は現在百人まで補充できます」

この世界のルールを示すお決まりの台詞《せりふ》だ。一度に大量の兵を集めることはできないだろうが、それでも無いよりはマシだ。この一歩から天下統一は始まる。そう意気込み、安芸国の住民に「徴兵」をかける。

《兵100↓200》

《住民感情45↓7》

ほんのり増える兵。がっつり減る住民感情。

――。

住民感情の爆発である。たった一回の「徴兵」で一揆レベルまで大落下。

これには王佐《おうさ》の才を誇る軍師も、こう言うしかない。

「はわわ」

なんでだよ！　と元就に詰め寄れば、彼女の方も眼鏡の奥で表情を曇らせて「どうしましょう……」とのこと。まるで他人事《ひとごと》である。お前の国だからな。

さらに見れば、徴兵したついでに「治水」と「商業度」も下落している。たった百人の人材を増やしただけで、安芸国の治安は最底辺である。人狩りでもしたのか。

しかし、この程度で慌てていては軍師として務まらない。落ち着いて「開墾」と「楽市楽座」を指示。これによって住民感情を回復させ、一方で「徴兵」を行い、国内の発展と兵力強化を達成すればいい。

「楽市楽座を行います」

《商業度65↓70》
《住民感情7↓8》
はわわ、である。
あまりにも微かな上昇。これには少し絶望したが、元就のほんわかとした笑みを見て癒やされる。こんな美少女が領主だというのに、どういう訳か領民達は心を開いてくれない。
しかし、諦めるのはまだ早い。商人達へのアピールは失敗したが、次は「開墾」で農民達へのアピールをしよう。安芸国を豊かにすれば、自ずと住民感情も回復していくことだろう。
「開墾を行います」
《費用105↓5》
《住民感情8↓9》
案の定である。
もはや民草の心は領主には解らないのだ。何をしても焼け石に水である。いくら民を慰撫したところで、戦国の世では明日にも命を落とすやもしれない一兵卒である。彼らに慈悲をかけている暇はない。ここは心を鬼にし、住民感情をガン無視して領国運営をしていかなくてはいけないのだ。

・・・・東北で飢饉《ききん》が発生しました・・・・
・・・・下野《しもつけ》国で一揆が発生しました・・・・
・・・・**安芸国で一揆が発生しました・・・・**

もう一度だけ使わせて貰いたい。

「はわわ」

統治一周目での一揆発生。もはや恨み骨髄だろう。元就に罪はないのだろうが、どういう訳か民は「命《たま》ァとったる！」と息巻いている。完全に極道である。仁義なき戦いである。

しかも他国でもなく、領国内での抗争だ。

そうして、次も「徴兵」を行い兵力増強。住民感情はついに1へ。この乱世に愛などいらぬ。なお、治水と楽市楽座は資金が枯渇中で実行できず。

・・・・他大名の思考中です・・・・
・・・・**安芸国が豊作です・・・・**
・・・・石見《いわみ》国が豊作です・・・・
・・・・備後《びんご》国が豊作です・・・・

・・・・安芸国で一揆が発生しました・・・・

「なんでだよ！」

荒ぶる軍師の言葉に元就も当惑中。領民の怒りを収めることもできない。むしろ四行くらい前に豊作だって浮かれてたクセに、そのノリで一揆をしようなんていう領民の気持ちなど理解したくない。週一開催の一揆なぞ、いかな軍師の知略をもってしても対応しきれない。

「諦めないでがんばろう？」

元就の慰めの声が遠く聞こえる。たった一度、あの「徴兵」に手を出してしまったせいで、軍師の人生は大きく狂ってしまった。戦場の隅で落ち込む軍師にとって、元就のほんわかとした笑顔は痛いほどに眩《まぶ》しい。

「広島の人間怖《こえ》ぇよ……」

●二日目
半ば引き籠っていた軍師に対し、元就は優しく語りかけ、拾ってきた三匹の猫娘も根気強く励ましてくれていた。そのおかげか、軍師は諦めることなく、天下統一のため再起することができた。そして一つの結論を出した。

どうやら「徴兵」で住民感情が異様に減るのは、当主である元就のいる本国だけらしく、他国に侵攻した上で「徴兵」した場合はあまり下がらないらしい。

完全に人狩りである。

そういう訳で、目下は他国に侵攻し、そこで「徴兵」を行って兵力を整えることが重要だ。侵攻に関して不安はない。一国にだいたい五個前後ある城を全部奪えば、その国を支配したことになるようだ。

そうしたことを頭に入れ、軍師はまず地図を広げ、どこに向かって版図《はんと》を広げようか考えた。その頃の毛利家の状況といえば、東を尼子《あまご》、西を大内に挟まれている状態だ。いずれも現在の毛利家よりも強大な敵。瀬戸内海を挟んで南にいる河野《こうの》家は弱小だが、かといってここを攻めれば手薄になった背後を大内と尼子に攻められることは必定。

今必要なのは、どちらかと同盟を結び片方へ侵攻を開始すること。尼子家は東に山名《やまな》家、三好家と敵が多く、一方の大内家は西に大友家がいるだけだ。史実では毛利家は大内家に恭順し、尼子家と対立していたはずだ。しかし、ここでは敢えて別の歴史を辿りたい。まず尼子家と結び、尼子が東と戦争を行っている間に大内を削るのが良いだろう。

まさに戦略。戦国で生き抜くのに必要な力だ。これが軍師。名軍師の到来である。そしていよいよ「同盟」に向けて交渉を行う。智謀が高い志道の爺さんに軍資金を持たせて尼子家へ。

するとさんからのお返事。

「だまされると思うなぁあ！」

キレ気味の断りだった。戦国時代の荒《すさ》みっぷりにドン引きするしかない。どれだけ騙され人生を送ってきたというのか。

しかし、こうも簡単に同盟の誘いを断るとは。尼子を哀れみつつ、どうしたものかと志道の爺さんに相談。

「こちらの石高が高い程、同盟しやすくなりますぞ」

それは同盟ではなく服属である。

とはいえ、尼子との同盟に失敗したとなると、改めて戦略を立て直さなければいけない。

そう思っていた軍師だったが、次の週に天運というものを知る。

「尼子家から同盟の勧誘があります。受けますか」

僥倖《ぎょうこう》だった。

というか単純に「同盟」の成否って運なんじゃないか？　そこまで考えて、自分がしたばかりのツッコミを思い出す。

毛利家、尼子家に屈する。

——考えるのはやめよう。とりあえず、尼子との同盟は完成した訳だ。次の目的は既に決まっている。

敵は大内。目指すは周防国《すおう》の亀尾城《かめのお》。兵《つわもの》は神速を貴ぶ。軍師は侵略目標に亀尾城を選択した。軍を出し、城を取り囲んでみせれば、城将である杉隆景《すぎたかかげ》は籠城《ろうじょう》戦に入る。しかし、それも予想通りだ。合戦を長引かせないよう、こちらは全軍を出してきている。後は赤子の手をひねる如し。こちらは強襲をかけ、亀尾城を落城させる。

「命をお助け頂けたなら、毛利家にお仕え致します」

杉隆景はそう言って、大内家を裏切って仲間となろうとする。これからも兵力を強化しなければいけない毛利家にとっては嬉しい申し出だ。

新たな戦力を手にし、毛利家の地盤も固められた。このまま意気揚々と大内家への侵攻を続けるとしよう。

その矢先。

・・・・杉隆景が謀反《むほん》を起こしました・・・・

僅か一週間後の裏切りであった。

「なんでだよ！」とは軍師の叫び。

仲間になって即裏切るとか、戦国時代も驚きのとんだ計略。しかも好きこのんで仲間にした訳でもなく、勝手に仲間のフリしてやってきたヤツだ。

これには軍師もぶちギレ金剛。不忠者を誅《ちゆう》すために毛利家の軍勢を転進。裏切り者である杉隆景を討たねばならない。

ちなみに杉隆景が謀反を起こした場所は銀山《かなやま》城。元は毛利家の本城であり、常々強化を続けた鉄壁の要塞だ。

「あわわ……、強すぎて落とせません……」と元就の弱音。

誤算どころの騒ぎではない。どうして直前まで亀尾城にいた杉隆景が、いつの間にか本城に勝手に移動した挙げ句、一番強い城を乗っ取っているのか。何度城攻めを行おうとも、自らが城普請した無敵の銀山城を落とすことができない。

ちなみに現在、元就を旗頭にした毛利軍団は山陽道で足止めを食らっているところだ。東に杉隆景が奪い取った銀山城、北と西には大内家の津和野城と鞍掛山《くらかけやま》城。

完全な孤立だった。

こういう時に限って尼子家は静観を決め込み、和睦《わぼく》の使者を送るようなシステムもなく、元就達は進軍先の陣中でオロオロするばかり。

城攻め（かつての故郷）の直後で弱っている毛利軍。お情け程度に徴兵できる百人。退路を断たれた中、迫ってくる大内家の本軍。

当然の如く敗走。当然の如く落城。

……志道広良は切腹しました……

……毛利ナッシュは切腹しました……

……毛利ガーナは切腹しました……

……毛利オルテナは切腹しました……

……**重要なキャラクターが切腹しました**……

「だろうよ！」

孤独な叫びが戦場にこだまする。どうしようもない世界。軍師は再起を誓い、この世界をリセットすることを選んだ。

●三日目

　かくして軍師は、二巡目の世界でやっていくことを決意した。今回の方針はとにかく同盟を結び、謀反を警戒して退路を確保した上で侵攻すること。

　既に前の世界の経験がある。早々に井上一族を排除し、元就を当主として立て、まずは安芸国を支配する。

　さらに尼子家に同盟の使者を送り、一方では軍備を整え周防国の亀尾城へと侵攻。前の世界では勝手に裏切った杉隆景も、今回の世界では仲間になる隙も与えられず切腹。獅子身中の虫が入り込む余地もない。

　そして、一巡後の世界で生きていくにあたり、軍師は新たな計略に気づくことができた。

　そう、政略で行える「引き抜き」の有用性だ。これは謀略によって敵武将を引き抜けるものだが、相手の忠誠度がどれほど高かろうと、運が良ければ誰でも引き抜ける。そんな忠義もへったくれも無い世界なら、仲間になった次ターンで謀反も起こすだろうよ。

　とりあえずこれで背後をつかれる心配は無くなったので、亀尾城を拠点に大内家の戦力を削《そ》ぐことに。まず「引き抜き」を使う。知力の高い志道の爺さんらを総動員。

　すると、どうだろう。大内家の重臣達が次々と裏切っていく。しかも兵を引き連れてくるから、余計な「徴兵」をする必要もない。まさに戦わずして勝つ。これぞ兵法の上策よ。

そして待ちに待った一報がもたらされた。

「尼子家から同盟の勧誘があります」

思わずほくそ笑む。これこそ天下統一という夢を描いた絵図に引かれた最初の一線だ。

こうして背後を尼子家に支えられたことで、兵力を全て大内家方面に向けられる。一方の大内家は、我が「引き抜き」の計略によってどんどんと有力武将が減っていく。なお、引き抜いた者達は謀反の危険性がある為、褒賞を与えて忠誠度をあげておく。というか、謀反はその武将が今いる城とか関係なしに本城で発生するっぽいので、下手に前線に送ったりもできない。

「これなら中国平定も近いですね」と元就も上機嫌。

あまりに順調すぎて恐ろしい。西の大内なんとする。北九州の大友家との同盟にも成功し、東西で完全に大内家を挟んだ形だ。

しかし、ここで一つの罠があった。

それは、城を攻め続けた事で大内家の兵力が一箇所に集結してしまい、手持ちの兵力ではとうてい攻め滅ぼすことが不可能になったことだった。

むしろ戦う度にこっちの兵力だけ減っている。理不尽なことに攻略相手の兵力は減ることはなく、常に三千人規模の兵力を有している。

「いくらか手詰まりか」

現在、「徴兵」を行えるのは侵攻中の周防国と侵攻が完了した石見国だけだった。本国である安芸国は、一度でも徴兵をすると住民感情が爆発するので待機。

膠着《こうちゃく》状態が続いて数週間。石見国と周防国で大内家が攻め込んできて守るので精一杯だった。というか、なぜか知らないが順番的に向こうが攻め込んだらこっちは攻めることができない。そういうシステムになっている。この世界は。

故に、たまに向こうの城に攻め込んで耐久度を減らすものの、あちらが無限の兵力で攻め込んで来ている間に回復されてしまう。

これは一度の侵攻で城を落とすだけの兵力が必要だ、そう考えた軍師は、さらなる兵力増強を求めて、進路を南へと取った。

そう、狙うは四国。

未だ群雄割拠が続き、大きな勢力が無い四国はまさに軍備増強の地として打ってつけだった。念のため、四国二十四万石の小大名である長宗我部《ちょうそかべ》家との同盟も行い、今や四国、特に瀬戸内側の支配は確定的だった。

なお、この世界では籠城が非常に有効、というか敵方は計略なぞ使ってこないので、武将一人だけでも城に置いていけば、ほぼ落とされることは無い。

という訳で、激戦地である鞍掛山城に毛利元就を残し全軍転進。狙うは伊予国の独立勢力・河野家だ。

所詮は小勢。大内家との戦《いくさ》で軍備を整えてきた毛利家の敵ではない。軍師は面白いくらい順調に伊予国の支配を完成させていった。

ここまで順調というのも、やはりあの「引き抜き」の多用にある。どれだけ忠誠度が高かろうが、こちらが連続で使っていけば、いつか必ず我が軍門へと降《くだ》ることになってしまう。

そんな卑怯《ひきよう》な手を使っていると、ある時に「村上さん」という人物が仲間になった。

村上さんは瀬戸内海を支配する村上水軍の末裔《まつえい》であり、さらに他の同じ顔をした無名的《モブ》な武将達とは異なり、南蛮渡来のスクール水着に海賊帽という容姿の可愛らしい少女武将だった。

なんといっても毛利家以外では初めて仲間にした少女武将だ。加えて村上水軍を仲間にすることは、瀬戸内海を支配したにも等しく、ぶっちゃけて言えば、軍師はこの村上さんの可愛らしい姿や性格も嫌いじゃない。むしろ好きだ。仲間になってくれて良かった。村上さん、これから一緒に頑張ろう。

そして軍師は順調に、さらなる四国の武将を仲間にしていく。

するとここであることに気が付いた。通常は六人まで入れる城（この世界ではそういうことになっている）に武将の数がやけに多い。

どう見ても、一つの城に入れる人数を超過している。どうやら引き抜きすぎて、カウントがおかしいことになっていたらしい。しかし特に困らない無名武将《モブ》達だし、次回の戦では適当に彼らで軍を編成し、多方面に一気に進軍するのも悪くない。そう考え彼らを二方面に侵攻させて様子を見守る。

すると、不思議なことが起こった。

いない。いないのだ。

戦場に送ったはずの武将達が、まるで最初からいなかったかのように、謎の兵力「０００」で敵の城に侵攻している。完全に姿を消した幽霊の軍勢。

異様な出来事に面食らっていると、志道の爺さんから忠告があった。

「この世界では、引き抜きなどで武将が増えて城にいられる上限数を越えると、操作不能になるぞい」

「先に言えよ！」

軍師は改めて自軍の城を見た。引き抜き続けた約十人の武将、この実に半数近くがもはや操作不能の地縛霊なのだ。彼らは一生この城に囚《とら》われ続け、移動することも進軍することも叶わない。

ちらり、と村上さんの方を向く。

せっかく仲間にした武将なんだ。愛らしく、元気いっぱいの村上さん。その力で毛利家を支えていって欲しい。できるなら、これからも前線で戦って貰いたい。

そんな願いを無視し、村上さんは喋ることもなく、最初から存在していなかったかのように一切の操作を受け付けない。

「これが、お前らのやり方か！」

慟哭《どうこく》である。この世界そのものへの怨《うら》みの声だ。

村上さんの笑顔は、今や幻となってしまっていた。

●六日目くらい

それから数日間、いや、この世界では数年にもなるのだろう。軍師は孤独に天下統一に向けて献策を続けていた。

元就が独立して既に数年の月日が経っていた。全国の勢力も完全に形成されつつある。

だが未だに毛利家が居る中国・四国地方は群雄割拠状態。この地さえ統一できれば、東国

に も匹敵する勢力圏を形成できる。

西の島津の石高は七十万石程度で、現在の毛利家と大差なく、先に大内家を滅ぼし、後に四国を平定すれば、九州も完全に掌握できるはずだ。

真に恐るべきは東についた尼子。彼《か》の勢力は京都と東四国を制する三好家と接し、その兵力で拮抗《きっこう》している。それらが毛利家に向くことはないが、最終的には矛を交えねば天下取りの道は無い。

そして今回も計略を練り、四国平定事業へと乗り出す。伊予国に残るは河野家と西園寺家。いずれも石高を持たぬ弱小勢力。そこで戦力を南の伊予国に集中させ、西の守りを毛利元就に任せていたが、ここで異様な事件が発生する。

「大内家から同盟の勧誘があります」

あれほど争っていた大内家からの同盟の誘い。長年の膠着状態に飽きていたのは、当家だけではなかったようだ。一時的に和睦し、内政と外交に注力しようというのだろう。というか、システム的に言えば、ただの乱数のような気もする。

だがこれは好都合だ。今まで対大内家に割いていた人員を四国平定に利用すれば、早晩、伊予を攻め落とし、南で同盟を結んだ長宗我部家と合流できる。

「その話……、お受けしましょう」

完璧な策略である。東の強国・三好家は尼子が、九州の龍造寺《りゅうぞうじ》家は大内家がそれぞれ壁となっている。後顧の憂いを無くし、四国全土を支配することを前提に進軍を行う。

「いよいよ毛利家にも風が吹いてきたようだな。なぁ、元就！」

上機嫌な軍師に対し、元就も眼鏡の奥で柔和な笑みを浮かべているように見えた。

だが順調に伊予の西園寺家を攻めていた軍師に、新たに一報がもたらされる。

「長宗我部家の実権が久武《ひさたけ》チカに移りました」

久武チカ。聞き慣れない名だが、経歴から言って久武親直《ちかなお》のことだろう。この武将は長宗我部家の内部で政敵を粛清し、最終的に主家を滅亡させた奸臣《かんしん》だ。

どうやら、この世界でも史実は再現されているらしい。既に長宗我部家の当主は久武チカに交代し、それまで長宗我部家のものだった城も全て久武家の家紋が掲げられている。

しかし、それだけなら良いが、これまで長宗我部家と結んでいた同盟が一方的に破棄されてしまっていた。これは予想外だったが、いずれにしろ弱小大名。伊予制覇後は、久武家のいる土佐国へ侵攻してしまえば良い。

そんな矢先のことであった。

「尼子家が同盟を破棄しました」

時は来たのだ。

ついに尼子家が毛利家との同盟を破棄した。これまで史実とは異なる歴史を歩んできたが、ここで史実と同様に、毛利家最大のライバルである尼子家が動き始めたのだ。だが焦る必要は無い。もとより期限付きの同盟のようなものだ。お互いに侵攻はしていないし、再び使者を送れば同盟関係を回復できるだろう。

そうして軍師が、冷静に計略を練り直していると、またしても一報がもたらされた。

「大内家の実権が陶晴賢《すえはるかた》に移りました」

陶の裏切りである。これも史実と同様、大寧寺《たいねいじ》の変で陶晴賢が大内家から下剋上《げこくじょう》したことの再現だ。これにも驚いたが、予想していない訳ではなかった。そして久武家の時と同じく、破棄される大内家との同盟。ここで一気に盤面は動いたのだ。

ここで精神を落ち着かせ、中国・四国地方の勢力図に目を向ける。

完全に毛利家が包囲されていた。

そう、同盟国が一斉に消えたのだ。いつの間にやら完成していた毛利包囲網。普段は適当な挙動をしている運命という名のシステムが、戦線を延ばした途端に牙を剝いてくる。

こんな時ばかり孔明ばりの謀略が炸裂していた。敵の方で。

仕方ないので、前線部隊を残して各地の国境の城に部隊を派遣。
・・・・尼子家が郡山《こおりやま》城に攻めて来ました・・・・
・・・・陶家が鞍掛山城に攻めて来ました・・・・
・・・・久武家が中村城に攻めて来ました・・・・
・・・・三好家が鷺ノ森《さぎのもり》城に攻めて来ました・・・・
同盟関係を絶った瞬間、仲良く皆で攻めてくる敵国の武将達。

「ど、どうしましょう」

これには元就も不安そうだ。しかし、心配することはない。このクソったれな運命に対し、既に手は打っている。

毛利家は最後の手段として、九州で勢力を伸ばす大友家と同盟を結んだのだ。九州から来る軍勢に押され、壊滅していく陶晴賢の姿が目に浮かぶようだ。

そう、確かに西方から軍勢が来るという予想は当たった。

だが、西から来た奴らはそんな生易しいものではなかった。

●七日目

相次ぐ離反。同盟関係は一夜にして崩れ去り、完成した毛利包囲網。一気に窮地に立たされた毛利家。それからは防戦を繰り返し、さらに数年分の月日が流れていた。ひたすらに自城を守るだけの日々。

他国で「徴兵」をし、城の修理をして、敵からの侵攻を食い止める。それが終われば、合戦で減った人員を再び「徴兵」で整える。戦争という名の日常。日常という名の地獄を繰り返し、ただ状況が打開されるのを待っていた。

そして光が——この状況を打破する光が、西方から現れ始めたのだった。

陶家との飽くなき限界バトルを繰り広げていると、次第に不思議な動きが見えてきた。どうやら、陶家の領地が西の長門《ながと》国のあたりから削られ始めているらしい。

西方には唯一残った同盟国の大友家が存在していた。いよいよ大友家が中国地方に進出してきたのだろう。これは心強い味方である。

なお当主の大友・F・義鎮《よししげ》は、うちの元就同様に眼鏡っ娘だ。その点で何か相通じるものがあったのかもしれない。西国眼鏡っ娘同盟の完成である。

ただ困ったことは、自国の領地を削られているのに、そんなの関係なく毛利家ばかり攻めてくる陶家の存在だ。背中から刺されているのに歯向かってくる。バーサーカー陶晴賢。

そしてさらに数ヶ月程を経て、陶家の領地はついに周防国のみとなっていた。その石高もわずかに三十万石程度。七十万石の毛利家ならば一瞬で奪い取れるはず。

そう考えて、今少し様子を見ていたら、そんな暇も与えずに、西方から来たその勢力が陶家を支配下に置いたのだった。

よくやってくれた。西方の同志よ。よくぞ憎き陶家を滅ぼしてくれた。そうして久しぶりに全国の勢力図を確認する。遠方の大友家に使者をやって情報を確認。眼鏡っ娘な義鎮を見ておきたい。

「はて?」

ここで疑問。どうやら大友家の石高は未だに八十万程度だ。それに長門国と周防国も支配していないようだ。

「じゃあ、この隣の城にいるヤツ誰だ」

と、さらに情報を確認。そこには眼鏡っ娘な義鎮がいるはずだった。いるはずだった。居たのは禿頭《はげあたま》の巨漢だった。

『北斗の拳』の第二部に登場して「ブフー、息をするのも面倒くせぇ」とか言う類《たぐい》のキャラクターだった。

え、誰?

改めて勢力情報を確認。

『龍造寺隆信――二百九万石』

知らない敵が増えていた。

「なんでだよ！」

虚空へ向けて怒りの鉄拳。元就が慌てて軍師をなだめてくる。

「なんでいきなり尼子や陶以上の強敵登場してるんだよ！　龍造寺なんて少し前まで弱小大名だったろ！」

頭を抱える軍師に対し、元就も困り顔を浮かべるだけ。

さらに見れば、龍造寺家の家臣として大内と陶がいる。一族郎党引き連れて裏切っていた。

「ブフー、息をするのも面倒くせぇ」

そんな顔をしながら、龍造寺隆信は翌週から毛利家に侵攻を開始してくる。今まで見たこともない大軍で攻めてくる。一度で動かせる兵力の限界数、二万五千人の最高戦力で攻め込んでくる。

さらに龍造寺の侵攻に驚いていると、南の方で三好家が久武家を取り込んでいた。

そうして近畿の大大名たる三好家が、常に五十万の兵力で攻め込んでくる。ついでに尼子も来る。ありったけの戦力を毛利家にぶつけてくる。

それから何年も防戦で持ちこたえてみせるが、四方八方から押し寄せてくる大軍勢には為す術《すべ》もない。既に九州は龍造寺に統一され、近畿と四国は三好の手の内。遠く東海から関東は武田家一強となり、もはや毛利家など強大な戦力に囲まれた弱小大名でしかない。

「――もうこれ以上、戦わなくてもいいんですよ」

ある日の元就の言葉だ。夕陽に染まる銀山城で、寂しげに微笑みかけてきた。彼女と出会ってから既に数十年の月日が流れている。軍師は彼女を天下人にするつもりで歩んできたが、この世界の運命はそれを許してくれないらしい。

「――次の世界では、必ず」

そう決意を込めて告げれば、元就も微笑んでそれを受け入れてくれた、ように見えた。

――。

天下統一の夢、ここに潰《つい》える。

そして軍師は、リセットボタンに手を伸ばした。

＊

『戦極姫《せんごくひめ》』（PS2版）。

あのクソゲー・オブ・ザ・イヤー2009の大賞を取った名作だ。

当時流行していた、戦国武将を女性化した戦略シミュレーションゲームの一角。しかし、およそ常人には制御不能なバグの数々によって、通常のゲームとして遊ぶことが困難なことからクソゲー認定されてしまった。なお、その後はシステムも改善され、現在（二〇二二年）は『戦極姫7』まで出ている人気タイトルになっている。

この『戦極姫』の世界では、まるでプレイヤーを嘲笑うかのようにバグが襲ってくる。異次元から現れた独立勢力に襲われたり、突発的に始まるランダムイベントで自軍ターンがスキップされたり、突如として主人公含め武将が幽霊化して操作不能になったり、滅ぼしたはずの大名家がゾンビの如く蘇ってお家再興して操作不能になったりなど、もはやホラーとも言える理不尽なバグの数々。いくら運命に抗《あらが》おうとしても、新たなバグが次々と現れてプレイヤーの意気を挫《くじ》いていく。

そして、そんな『戦極姫』が送られてきたのは二〇一〇年の春。大学生になる直前の時期だった。

友人からの挑戦とも言えるクソゲーの贈り物だ。春休みを全て使って、それを遊び続けた。

総プレイ時間、約三百時間。

数千ターンを重ねてなお、回収できたイベントは僅か。独力での攻略を諦め、攻略サイトという集合知に頼れば、そこに溢れていたのは未だに条件が解らないバグなどの情報。

一度は天下統一を諦めたが、バグを上手く使えば、逆に無敵の軍勢を作ることも容易《たやす》く、二度目のプレイでは何ら苦労することもなかった。不条理を受け入れてしまえば、もはや恐れるものなど無い。

バグという名の運命の大波を上手く乗りこなしてこそ、この『戦極姫』の世界で生きられるのだ。

そしてある日、このゲームの感想を友人から求められた。

「面白かった」

そう答えた。嘘はない。世間でどれほどクソゲーと呼ばれようと、あの世界で過ごしていた時は楽しかった。理不尽を笑い飛ばし、不条理に喜ぶ異質な感動があった。

「戦国時代、大好きだからな」

それから数ヵ月後、大学生となった軍師は、そこで一つの名前を手に入れる。

柴田勝家。それが今のワシの名前だ。

走馬灯のセトリは考えておいて

そこにいるのは誰ですか？

——黄昏《たそがれ》キエラ『帰り道ラ・スール』より

1

いよいよ彼女のラストライブが始まる。活動再開の予定は一切なし。正真正銘、最後の瞬間だ。

『みんな、おはキエラ～！』

ステージに彼女が現れる。背景はプリセットのもので、わざわざ古臭い3Dモデルを探し出した。

『はーい、キラキラ～』

歓声に応える大きな瞳は鮮やかな黄色、広がるツインテールは藍《あい》色とオレンジのグラデーション。大きく振った両手に髪の毛が干渉して不自然に揺れ、テクスチャだけの口に八重歯が覗く。およそ現実じゃあり得ない女の子の姿。今回の衣装だって、ミリタリージャケットの下にゴシックドレスを着込んだようなちぐはぐさ。

『わっは、かなり集まってくれてんじゃん』

使ったポリゴン数はたったの十万と少し。今の技術で作ろうと思えば、現実の人間と同じようにモデルを作ることだってできる。でも、それではダメだ。ここにいる彼女は、あの時と同じ姿でないと意味がないのだから。

『えー、というわけでラストライブなんですが、一曲目の前に私のことも説明しとこうかな。ファンの人たち以外もいるもんね。あ、コメント見えてるよ～。ね、懐かしいでしょ』

こほん、とわざとらしい咳払い。彼女が配信動画の向こうにいる数万人に向けて微笑んでみせる。

『夕焼け小焼けでこんキエラ～、夜活系バーチャルアイドルの〝黄昏キエラ〟です！』

彼女のお決まりの挨拶《あいさつ》に対し、今回のために設けたコメント欄が熱狂している。リアルタイムで彼女の配信を見ていた人間もいれば、怖いもの見たさで参加しただけの人間もいるだろう。彼女の要望通り、いわゆる課金チャット機能もつけておいたけど、さっそく〝香典〟と称してファンが数万円を投げていた。

『そんなキエラちゃんなんですが、事前に告知したように、今回で卒業のラストライブになりまーす。はーい、悲しんでくれてありがとうね。でも、もう決まっちゃってるんでぇ』

彼女が左手を伸ばす。それと同時にマイクが出現した。

『だって私は、もう死んじゃってるんで』

我々と彼女、ファンとアイドルの間にある距離は何よりも遠く。しかし、いずれは誰もが辿り着く場所で。

『こうして喋ってるのも、えーと、なんだっけ、ＡＩでいいの？　とにかく、そんなヤツなので！』

驚きと悲しみのコメントが流れる中、ステージに光線が走る。キューブ状のモニターが周囲に現れ、ポップなイントロが流れ出す。それを受け、会場に集まったアバターたちがペンライトを構えた。

『じゃ、これが私なりのお葬式だから。みんな、楽しんでいってね！』

こうして彼女のラストライブが幕を開けた。すでに死んでいる彼女が、生前の意思を残したバーチャルアイドルとして歌う最後の時間。

引退するのは、私たちの世界――この世。

2

私は自分の仕事を伝える時、相手に合わせて三つの答えを用意している。

一つ目は葬儀屋さん。これが一番無難で誰に対しても使える答え。とはいえ正確じゃない。亡くなった人を弔う仕事をしているけど、葬祭場を用意することもないし、霊柩車《れいきゅうしゃ》の運転だってできないし、役所の手続きが得意な訳でもない。そういうのはプランナーさんやディレクターさんの仕事だ。

そこで二つ目。少し洒落っ気を出して、デスマスク職人なんて言うことがある。これは芸術系の仕事をしている人と話す時に伝わりやすい。亡くなった人の顔を型取りして、生前の面影を残す仕事をしています、って。とはいえ、私が型取りするのは肉体的な顔じゃないから、必然的に三つ目の答えも言うことになる。

つまり、人生造形師《ライフキャスター》だ。

「失礼ですが、それはどういったお仕事なのですか?」

ただし職業名の認知度は低い。

今回聞いてきた相手は、依頼者のご遺族なので知らないのも無理はないが、調べて依頼してきたはずのクライアントにさえ尋ねられることがある。

仕方ない、と微笑む。かつて私が丁寧に説明した相手は、すっかり焼かれて灰になってしまっている。残された相手に再び同じ説明をするのも必要なアフターフォローだ。

「生前のライフログを元に、死後もコミュニケーションの取れるキャストを作成します」

相手は七十代の男性だ。白いテーブルを挟んで、こちらを訝《いぶか》しげに見つめていた。やや間があってから、彼の視線が卓上の名刺に向けられた。

「小清水《こしみず》……さんのことは、母から聞いてました。お若いのに、しっかりした方だ、って」

「いえいえ、こちらこそ故人様にはお世話になりまして」

もとは先年に亡くなった男性の母親が、生前に私の所属するキャスティング業者に依頼してきたものだ。そこで私が担当者となり、彼の母親が亡くなる直前まで打ち合わせを重ねてキャスト製作を行ってきた。そのこと自体は知っているようだが、どうにも信じきれていないらしい。

「それで、すいません。まだライフキャストというのが理解しきれてなくて」

「もとは欧米の技術です。本来は生きている人から金型を取って、シリコンなどで精巧な人形を作ることです。このキャストも鋳造という意味ですね。ダイキャストとかレジンキャストのキャストです。だからライフキャストは、樹脂や金属の代わりに人生を流し込んで形にするんです」

はぁ、と生返事が返ってきた。彼の母親はこれで理解してくれたから、つい同じことを言ってしまったが、やはり同じ説明で済むものでもないらしい。

「ああ、えーと、端的に言うと、生前と同じような反応をする精巧な人形……というと身も蓋もないのですが」

こちらの困った表情を読み取ってくれたのか、目の前の男性はそれまでの険しい表情をいくらか柔らかくしてくれた。

「つまりＡＩですか？」

「そうですね、今の汎用ＡＩより機能は限定的なんですが」

こちらも小さく笑ってみせる。

どうやら、この方がスムーズに説明できそうだ。彼くらいの年代なら、若い頃にＡＩ技術が流行ったから受け入れ易いのだろう。より上の世代になると、ライフキャストを幽霊か何かと勘違いする人もいるし、墓石の向こうから話しかけてくる存在を見て天国の実在を信じる人もいる。

「街中でも、コンソール越しに亡くなった方と話している人もいます。一般的というほどでもないですが、特別な技術でもないです」

「はは、たまに見ますね。何かのＡＩキャラと話してるのかと思ってたんですが、そうか、死んだ人だったんですね」

話しやすい空気ができたと思い、私は席を立って背後の壁からファイルを取り出した。わざわざ紙媒体にしてコピーしたのは、その中身が自筆の日記だったからだ。

「これはお母様の日記です。体にコンソールを入れてからは自動的にライフログが取られますが、それ以前のものは本人の日記や、昔の動画データなどを利用します。ちなみに作成が終わったら、コピーしたこれらも破棄しますのでご安心ください」

ここから先は実際に見てもらった方が早いだろう。そう思って、私は自身のコンソールを起動する。視界にコマンド群が浮かび、虚空を指さしてフォルダを開く。用意していた彼の母親を指定し、その場にドロップした。

「お母さん」

男性から驚きの声があった。白いオフィスに突如として老女が現れたからではなく、きっと生前と何一つ変わらない姿のままに存在している事実に。

「話しても？」

「大丈夫です。でも触れることはできないですね。故人様の希望はデジタルデータのみでしたので。後から人工体も用意もできますが、その際は故人様と協議の上でお願いできればと」

一通りの説明を加えてみたが、男性の耳には入っていないだろう。いつもそうだ。私はもう慣れてしまったが、死者との再会は経験者でなければ奇跡に見える。

「お母さん、僕です」

男性は椅子から立ち上がり、横で佇む老女に近づく。お互いに触れることはできないが、身長差を埋めるように男性がわずかに屈む。埋めるべき距離は数十センチだが、それは此《し》岸《がん》と彼岸の距離でもある。

『おーよ、久しぶり。元気かーい？』

何気ない老女の返答に、男性は息を呑んでいた。

「お母さん、お母さんです。はは、不思議だな。あの人ね、いつも、元気かーい、って伸ばして聞くんですよ」

男性の目には薄《うっす》らと涙が見える。些細な反応が故人と似ているのが何よりも嬉しいらしい。特徴的な口調を再現することは最も簡単な作業だったが、こういうのが効果的なのも知っている。

それから男性は母親のライフキャストと問答を交わしていた。親族のことや友人のこと、一緒に行った思い出の旅行先。子供の頃の小さな喧嘩の内容まで。どれもこれも、ライフログや日記から拾い上げて入力した情報だが、男性にとっては彼女を本物と感じるのに十分なものだったようだ。

「ああ、いや、すいません。お時間を取らせてしまって。ウチでやれ、って話ですよね。でも、嬉しくて、つい」

「大丈夫です。私も、故人様のご希望に応えられて何よりです」

当初こそ、こちらの仕事を怪しんでいた男性だったが、いざ亡くなった母親と再会したら心境に変化があったらしい。何度もお礼を言ってきてくれて、いつか自分が死んだ際も、と予約までしてくれた。こうして死後の過ごし方まで決められるのだから、良い時代になったものだ。

「では、ライフキャストの方を送らせて頂きます。この度はご愁傷さまでした」

男性に向かって、深々とお辞儀をする。死が再会のスタートラインとなった今では、ご愁傷さまはありがとうございますと同義だ。

「それでは」

再び顔を上げれば、既にオフィスには誰もいなかった。ライフキャストはデータとして先方に送っていたし、リモートで面談していた男性自身のアバターも消えていた。

「疲れたな」

息を吐いて、オフィスのテクスチャを剝がす。殺風景なコンクリートの壁が現れ、先程まで座っていた優しいデザインのソファも、硬くて粗野なパイプ椅子に変わった。

「なんで喜ぶんだ。あんなの偽物じゃないか」

私は腰が痛むのも構わず、パイプ椅子に座ったまま体を伸ばす。

「どこかで話してた言葉をエミュレートして、それっぽい仕草を付け加えてさ。モデルだけは立派に仕上げたけど、それだけだよ」

あえて独り言を残していく。この言葉たちも私のライフログに刻まれ、いつか誰かが閲覧すれば露見するものだ。

「まっぴらだよ。いつもニコニコ笑ってさ、周囲に優しくして慕われる自分なんて。私が死んだら、ちゃんと悪態をついてる部分もライフキャストにして欲しいね」

益体《やくたい》もない呟きを体内で走るコンソールに残していきながら、私は次の案件を進めようとメッセージフォルダを開く。

「生きてるだけで人当たりよくしなきゃいけないのに、死んだ後も周囲に良い顔してくのなんて、それこそ地獄みたいだ。まぁ、そういうのが得意な人もいるんだろうけど、私はゴメンかな」

世間には本当の自分を押し隠して、他人に見せたいキャラクターを演じ続ける人もいる。そんな性格を持つ人々を、昔は芸能人とかインフルエンサーとか、特定の職業として呼んでいたらしい。

「あの人たちが別に苦労してない、とか言うつもりはないよ。でもね、外面なんていくらでもウソをつけるじゃないか」

視界にブリーフケースが浮かんでいる。

軽く空中を指で弾くと、メッセージフォルダから封筒が飛び出してくる。次のライフキャスティングの依頼だが、今日まで後回しにしてしまったもの。

空中でクルクルと回る封筒を弾けば、そこから依頼文が浮かび上がってくる。

クライアントは柚崎碧《ゆざきあおい》、一九九五年生まれの七十五歳。腎臓を悪くして入院中。現在は年金生活者だが、以前は広告代理店の企画部門にいたという。リクエストは「若い頃の自分の姿を残して欲しい」とのこと。

これ自体は珍しい依頼じゃない。ただ、備考欄に記された内容だけが目新しかった。

「他人に良い顔だけ見せて、それで人気者になる仕事なんてね」

五十年ほど前、柚崎碧はアイドルとして活動していたらしい。添付された資料には、ポップでキッチュな少女の３Ｄモデルの姿があった。

「本当に、理解できないんだよ」

黄昏キエラ。そんな名前のバーチャルアイドルが画像の中で笑っていた。

3

末期患者の入院する病院というのは、未だに完全電子化されていない施設の筆頭だ。

体内に入れているコンソールを通して普段の健康も管理できるけど、いざ本格的に入院すれば生身の体を診る必要がある。ライフログさえあれば、いくらでも精神は再現可能だとしても、個人の肉体だけは替えが利かない。だから病院というのは、逆説的に生きている人間が最も集まる場所でもある。

「ライフキャスターの小清水イノルです。よろしくお願いします」

だから私は、クライアントと直に接することが多い。今回も紙の名刺を差し出せば、ベッドで半身を起こした〝黄昏キエラ〟の中の人が微笑んだ。

「よろしく。柚崎です」

第一印象は悪くなかった。柔和な笑みと自然な白髪。ほっそりとした体は老いからくるものではなく、持ち前の体格のようだった。シワを刻んだ肌は若々しいとは言えないけど、肌は白磁のように澄んでいる。

「もっと堅苦しい人かと思ったけど、意外と可愛らしい方だね」

「よく言われます」

作り笑いを浮かべてみれば、柚崎さんは寂しげな笑みを返してきた。

「柚崎さんも、まだお若いですが」

「そう？　まぁ、最近は七十代でも若いんでしょうね。でも残念、私は立派な病人なので老い先短いみたい。酒もタバコも人よりずっと嗜《たしな》んじゃったので」

そう言って、今度はさっきと打って変わって快活に笑ってくれた。こちらが本心だと思い、私もそれに笑みを返す。

正直に言えば、私は安心していた。

元アイドルというから、どんな虚飾に満ちた人物かと思ったけど、実際に会ってみれば普通の老人と変わらなかった。ただし話したがりでもなく、かといって偏屈でもない。自虐的なユーモアがあるけど、裏を返せば変なプライドを持っていないということだ。

「それで、まずはパンフレットを持ってきましたが」

クセでコンソールを起動しそうになったが、セキュリティの都合もあって病院内でデータの共有はできない。こういう時のため、普段から紙資料も持ち歩いている。

私が用意した紙資料を差し出せば、柚崎さんもベッドサイドにある老眼鏡に手を伸ばしていた。個人用にカスタマイズされた病室は書斎風で、窓から差し込む陽光の中でライフキャストの小冊子を読む姿も高貴に見えた。ただし没落貴族のそれにも近いが。

「へぇ、ライフログから作るの」

「はい。コンソールが入っていれば、住宅や施設のマイクやカメラと連動して日常会話や普段の仕草も記録されているので。作業的にはデジタルツインを作るのと同じですが」

「そう、でも大丈夫かしら。私、コンソールを入れたのが結構遅くてね」

本人が依頼するくらいだから、事前に内容は見ていてくれたのだろう。流し読みを終えたパンフレットが脇へと置かれる。

「ご心配には及びません。ライフキャスティングの特徴は、ライフログだけでなく、日記や動画などのコンソール導入以前の媒体からもデータを集めるところです。後はご依頼者の方との面談を通じて、細部まで作り込んでいきますので」

「じゃあ、私は問題ないね。運良く、色んな動画が残ってるもの」

柚崎さんも安堵したように微笑むが、それを聞く私の方は暗澹《あんたん》たる気持ちになる。

「バーチャルアイドル、ですか。あまり馴染みはないのですが、五十年前の動画はアーカイブ化されているようで」

「これでも人気配信者だったんだよ。当時の動画用プラットフォームだけど、百万人以上の人が私のチャンネルに登録してくれて。バーチャルライブとか言って、ファンの人の前で歌まで歌っちゃってね」

柚崎さんは自慢げに言うが、わざとらしくも見えた。まるで本人は数字にこだわっていないような口ぶりだ。

「その点は調べておきました。作成時には十分に参考になるかと。他にも――」

「ねぇ」

ふと書斎風の病室が暗くなる。窓の外で太陽が雲に隠れた。柚崎さんが妖《あや》しげに笑っている。

「どうせなら、あなたの手で〝黄昏キエラ〟を蘇《よみがえ》らせてみない？」

それは奇妙な誘いだった。

「どうせ私のライフログから取れる情報なんて少ないんだから、いっそキエラから……、彼女からライフキャストを作ってみたら。それでね、外にも告知して葬式は彼女のラストライブにする。この世からの卒業ね。それでライフキャスト本人が来てくれた人たちにお別れを言うの。ね、どうかしら？」

「いや、それは」

つい言い淀んでしまう。

できなくはない。バーチャル葬で故人を偲《しの》ぶ人たちに本人のライフキャストが挨拶する場面は一般的だ。それに当時の動画が残っているなら、むしろ素材は豊富なはずだ。

しかし、そこにいるのは柚崎碧のライフキャストではなく、あくまで〝黄昏キエラ〟なのだ。

「ああ、そうか」

こちらの迷いを見透かしたかのように、柚崎さんが楽しげに両手を合わせた。

「イノルさん、きっとこう思ってる。柚崎碧としての人格が存在しないと、ライフキャストと接する人も悲しむかも、って。生前の私と話したい人も〝黄昏キエラ〟として受け答えしてしまうから」

でもね、と柚崎さんが身を乗り出してくる。漂ってくる香水の匂いは儚《はかな》げで、僅かばかり死の影もまとっていた。

「柚崎碧の死を悲しんでくれる人なんていないよ。家族もいないし、友達もいない。私の人生で私を愛してくれたのは、あの百万人のファンの人たちだけ。もう半分くらいは向こうへ旅立ってしまったかもしれないけど、でも同じね、私もキエラとして向こうへ行くなら」

最後の一言は冗談だったのだろうか、柚崎さんはクスクスと忍び笑いを漏らした。

「お願い。私を〝黄昏キエラ〟として死なせてちょうだい」

＊

結局、私は柚崎さんの依頼を受けることにした。

どうやって死ぬかは人の切実な願いだ。だからライフキャスターの職務として引き受ける。しかし、全てに納得した訳でもない。単に〝黄昏キエラ〟を再現するのではなく、これからも面談を重ねていって、今の柚崎さんの要素も入れていきたい、と折衷案を出した。

「ええ、楽しみにしてる」

最後はそんな一言で面会が終わった。

次に柚崎さんと会うまで、私は彼女が教えてくれた〝黄昏キエラ〟の動画アーカイブを見ておく必要がある。個人認証付きの配信データも提供してくれたので、一般には公開されていないものも見られるだろう。

加えて言えば、外部に向けてライブをするなら権利関係もクリアにしておきたい。

人格権は柚崎さん本人に移譲されているとはいえ、当時所属していたバーチャルアイドル企業にも連絡すべきだろう。またライフキャストを作るにあたっては〝黄昏キエラ〟のアバターモデルの製作者、あるいは今の権利者に使用許諾を得る必要がある。

「ふぅ」

と、思わず溜め息が漏れた。

一般人の人生を押し固めるよりも、ずっと面倒な事柄が多い。やはりアイドルというものは理解できない。

「楽しかったね、また葬儀しようか」

ふと聞こえた声に前を向けば、ちょうど無人運転車がターミナルに入ってくるところだった。待合所から数人の男女がぞろぞろと歩き出していた。声の主はその中の一人、大学生だろうか、私より少しだけ若い男性だ。彼は隣の何もない空間に向けて話しかけている。

「そっちで仲良くやれてるみたいで良かったよ」

コンソールを起動し、現実と二重写しになった世界を表示させる。ターミナルは寂れているように見えるが、実際はデジタルアバターの群れが周囲に溢れている。そこからさらに「ライフキャストを表示」でフィルターをかければ、この場にいる半数近くの人影が現世の住人のものではないことがわかる。

案の定、あの若い男性が話しかけていた相手は死者だった。

男性と同年代のライフキャストだ。きっと事故か何かで命を落とした友人なのだろう。

大きな身振りと豪快に笑う姿が見えるが、プライバシー設定があるために死者の声までは聞こえてこない。

「そうそう、笑えるよな、あの時はさ――」

これも職業病だろう、つい街中でライフキャストを見れば製作者を確かめてしまう。あの男性のタグ情報を見ると、私も知っているライフキャスター業者の名義がある。ならば粗悪品などではないだろう。実世界で男性が会話をしていたのも、別にメッセージ機能がないのではなく、より自然に死者と付き合う世代というだけだ。

柚崎さんから見れば、私もまだまだ若いのだろうが、それでも下の世代とは感覚が違うこともある。

たとえばライフキャストとの付き合い方。

私くらいの世代はまだ、あれが発展中の技術だった時期を知っている。だから彼らが死者だと意識していて、人前で会話をするのにためらいがある。もちろんキャストは生きている人間のように振る舞ってくれるが、受け止める側には、この世とあの世という線引きがなされている。それが下の世代になると、最初から死者と生者が区別なく存在していたのだから、やはり線引きが曖昧になるのだ。

そんなことを考えつつ、私も個人用の無人運転車に乗り込む。自宅のアドレスを指で弾いてナビに送る。最近はオフィスに籠《こ》もっていたから、久々の帰宅になる。

ピロン、と、ここで短い着信音があった。

後部座席についたタイミングで、普段は使わない通話用のモニターを中空に開く。相手の名前は「小清水アキヒロ」で、つい苦い顔を作ってしまう。

『イノル、今日は帰ってくるって言ってたよな。夕飯、作ったから一緒に食べよう！』

無精ひげに後退した頭髪。ちょい悪オヤジを自称する中年男性の姿が四角い枠の中に現れる。

『おーい、聞こえてる？　お前の好きなカレーだからな！』

「聞こえてるよ、父さん」

私が疲れてるのもお構いなし、父親が一方的にご自慢の夕飯を解説してくれる。あの人に会うのは憂鬱《ゆううつ》だけど、スパイスから配合して作ったというカレーは魅力的だった。

4

『わぁ、遅れてごめんねー。おまたせ、こんキエラ〜』

ライフキャスティングというのは欧米で発展した技術だった。最初は生前に撮った複数の動画をパターンに合わせて流すだけのもので、墓石にくっつけて訪ねてきた人に挨拶をするのが精一杯だった。

『はい、キラキラ〜、ありがとー。わはは、みんな眠そ〜。あ、寝ててもいいよ。雑談メインの配信だし、布団の中でお話ししよかー』

その後、カナダの芸術家が死後に自身をＡＩ化したのを皮切りに、生前に残した動画や文章を元に人格をデジタルデータに変える手法が流行した。二十年ほど前からは、体内で走らせるコンソールが一般的になり、詳細なライフログを使ってデジタルツインに自然な挙動をさせられるようになった。

『あー、それにしても夏ね、夏終わるかー。まだ全然暑いけどね、でも終わるんですよ。なんか、夏の間になんかした？　キエラね、あ、スパチャありがとー』

また、デジタルツインの技術が葬祭業に利用されるのも早かった。バーチャル葬という言葉も十年ほど前の流行語。

『えーと、〝こんキエラです。個人的な夏の思い出といえば十年前に当時付き合っていた女性と行った長野の高原ですね。星が綺麗な夜に二人で将来を誓い合ったものでしたが、今では独り身、キエラちゃんと二人で星を眺めたい日々であります。などと妄想を垂れ流し侍は切腹し……、し、こう？　あ、そもそも十年前に恋人がいたのも妄想でした〟って、妄想かよ！　んん、キエラちゃんも体調に気をつけてくださいね。わはは、ありがとね〜』

　そもそも欧米では、死後の復活という宗教観から土葬が一般的だった。故に死体を美しく保つエンバーミングの技術も発展しており、死者の姿を現世に残そうという思想が強い。

『はい、え、こうじゃなくて、そうろう？　あ、なになに候か！　わぁ、キエラ、読み間違えてないのでぇ、あー、秀才キャラ崩れる〜』

　あるいは写真が発明された直後にも、遺体記念写真《ポストモーテム・フォトグラフィー》という文化が現れた。亡くなった人を生前と同じように椅子に座らせ、遺族と一緒に写真を撮るのだ。これなどは「死後も現世で一緒に暮らしていたら」という生者側の願望を満たすもので、今のライフキャスティングと意義は同じだ。

『あ、でね、キエラの夏の思い出は、そうだなぁ、やっぱりフェスかな。最後さ、夜組のみんなでさぁ、一緒に〝帰り道〟歌ったじゃん。あそこマジでエモくなっちゃって、泣きそうになってさぁ』

　つまり人は技術を進歩させる度に、死との向き合い方も進歩させてきたということだ。死という永遠の断絶を少しでも緩和し、彼岸に糸を繋ぎたいという願い。

『わっは、ウソ泣きじゃねぇわ！　本当に泣ける光景でさぁ。落ちサビのアレ、そこにいるのは誰ですかぁ、ってキエラが歌ったら、他のみんなが出てきてくれんの』

こうして私は現代のデスマスク職人、もしくは遺体写真家として、死者の姿を現世に留めるために仕事をする。

しかしながら、と大きく息を吐く。

「あの時代の言葉、流行が早すぎて苦手」

四角い枠を指で弾き、これまで視聴していた〝黄昏キエラ〟の動画データを消す。目が疲れたのでコンソールも閉じれば、仕事の終わりを自然と嗅ぎつけたのか、飼い犬のラルフが私めがけて飛びついてくる。

「おー、ラルフぅ、ごめんねー。遊ぶかぁ。でもコーヒー持ってくるから待ってなー」

ラルフにじゃれつかれながら、私はリビングからキッチンへと移動する。水道の音がしていたから、父親が洗い物をしているとわかった。

「コーヒー持ってく」

「ほーい」

シンクに向かう父親の背に声をかけ、冷蔵庫からアイスコーヒーを取り出す。足元でラルフが小さく吠えた。コーギーらしい短い前足で私の足を何度も踏みつけてくる。

「今度の仕事も大変？」

マグカップを口につけていると、背中を向けたまま父親が尋ねてくる。私はそれに「んー」とだけ返す。日常会話といえばそれまでだ。

「休日はちゃんと作っときな。別にウチに帰って来なくてもいいけどさ」

「はーい」

カチャカチャと皿を洗う音と、ラルフの吠え声だけが響く。

父の作ってくれたカレーは十分に美味しかったし、その感想でも伝えれば会話が弾むだろう。ただ、あの人と必要以上に話したいと思えなかった。

だから私は父から目をそらし、マグカップを持ってリビングに戻ろうとした。

「あ」

その瞬間、情けない声がし、次いで食器の割れる派手な音があった。舌打ちと申し訳無さそうに息を吸う音。

「あぁ、やっちった」

振り返ると、困惑した表情を浮かべた父が、床に飛び散った皿を拾おうとしていた。

「触らないで！」

「あ、ああ、悪い」

とっさに飛び退いたラルフが心配そうにこちらを見ている。私は壁掛けのハンディ掃除い集める。

機を取り外し、微動だにしない父親の足元を掃いていく。それが終われば大きな破片を拾

「今月に入って五枚目だから」

「ああ、うん、悪い。ごめん」

しゃがんだまま見上げれば、父はゴムのような質感の右手を反対の手でさすっていた。

「あんまり動けないいんだから、休むのは父さんの方でしょ」

「ああ、その通りだ」

思わず責めてしまったが、それなら私が皿洗いをやれば良かっただけだ。父親の前だから、つい子供としての自分に甘えてしまった。気づいてしまえば、途端に自分がイヤになる。

「いや、事故ってなきゃ、無駄に心配させなかったのにな」

だから、会いたくなかったんだ。

「それ、言わない約束でしょ」

集めた破片をゴミ箱へ捨てる。場を和ませるつもりなのか、ラルフが無邪気に近づいてくる。

「それより、さ」

このままリビングに戻ると、自分を嫌いになった状態で明日になってしまいそうだった。しこりは残したくない。だから、今のやり取りを忘れるつもりで話題を振ってしまう。

「エモいって、どういう意味？　父さんくらいの人が使ってた言葉でしょ」

「ああ、ライフキャスト作ってんのか。なんか昔のヤツ見てんの？」

「うん。これでも昔のスラングに詳しくなったつもりだけど、移り変わりが早くて」

久々に私から会話を振られたのが嬉しかったのか、父は顎に手をやって得意げに笑っていた。

「感動的、エモーショナルな気分って意味だけどさ、なんだろうな、ただ悲しいとかじゃないんだよ。嬉しさと寂しさが混じったような感じで使ってたかなぁ」

「ああ、だから」

その言葉が使われていたのは〝黄昏キエラ〟がライブの最後で歌った曲に言及した時だ。楽しい時間が終わることへの寂しさと、その空間を親しい人間と過ごせた嬉しさを表現したのだろう。

私が一人で納得していると、父から「イノル」と呼びかけられた。

「そんな言葉が出るってことは、俺と同年代だろ。どんな人を担当してるんだ？　いや、個人情報までは聞かないけどよ」

「いいんじゃない？　今回の人は外部に広めたいみたいだし。バーチャルアイドルの〝黄昏キエラ〟って人らしい——けど」

そう話している途中から、父の表情は驚きと興奮の間を何度も往復していて、しまいには私をほっぽってキッチンから駆け出してしまった。

「マジかぁ！」

遠くから父の声が聞こえ、それに反応したラルフが吠えていた。

やがてドタドタと足音を響かせ、父は再び私の前へと戻ってきた。ただし、その手には見慣れないものが握られていた。劣化してくすんだビニール袋の中にポップな色合いの物体がある。

「なに、持ってきたの？」

「キエラちゃんのアクスタ。しかも未開封」

父の口から意味不明な単語が出てくる。とてもイヤな予感がする。

「わかるか？　アクリルスタンドフィギュアな。他にもいくつか持ってたけど、さすがに大きいのは処分しちゃったな」

「まさかだけど」

父が嬉しそうな表情でアクスタとやらを握りしめている。袋の中身は、アニメ風のイラストが印刷された透明な板のようだった。楽しげなポーズを決める人物こそ、これまで動画内で何度も見てきた相手。

「中学生の頃にキエラちゃんの配信見ててさ、かなり入れ込んでたんだよ。親のクレジットカードで課金してクッソ怒られたんだよなぁ！」

驚きと呆れの感情が一気に押し寄せてくる。もしくは当時のことを知る取材先が見つかった嬉しさと、それが自分の父親だという寂しさ。

「今まで、そんなこと一度も言わなかったクセに」

これをエモいって言うの、合ってる？

5

病院の中庭に、柚崎さんの上品な笑い声が響いた。

「そう、あなたのお父さんが、ふふ、おかし」

「百万人のファンの中の一人だったそうで。活動なさってた時代から言えば、私の親世代の多感な時期に人気だった訳ですから、ある意味では当然でしょうか」

初夏の桜は緑が鮮やかで、その下に設けられたベンチに私は柚崎さんと二人で座っている。

中庭を見渡せば、手入れされた花壇の周りを白い入院服の人々が歩き、それぞれお喋りを楽しんでいる。院内とは違い、ここはコンソールでの通信が可能だ。だから二重写しの世界では、アバターを使って遠隔でお見舞いに来ている人の姿もある。

「父は羨ましいと言ってました。あと、よろしく言っておいてくれ、と。こうしてみると、柚崎さんと普通に話すのが申し訳なく思いますね。私が知らなかっただけで、とても有名な人ですので」

「ふふ、でも昔のことだからね。そんなに畏《かしこ》まらないで」

切れ長の目を細め、柚崎さんが微笑んでいる。

改めて思うと、あれほど見てきた相手が目の前にいるのも不思議な感じがする。これまで仕事で見てきたものにも、数十年前の配信文化の動画はあった。でも、柚崎さんほどに人気だった人物を担当した経験はなかった。

「あの頃は、私なんかと話すのにお金を使ってくれた人もいたよ。応援の気持ちだと思ってるけど、本当にありがたいことね」

「当時の動画を見ていて、私でもファンの人の気持ちがわかりました。アバターが可愛いっていうのはもちろんですけど、なんていうか〝黄昏キエラ〟が身近な友達に感じるんですね」

私は素直に褒め言葉を送ったつもりだった。未だにアイドルという存在には懐疑的だが、歌や会話力など、見る人を飽きさせない工夫、技術的な部分は称賛に値する。

でもそれは、柚崎さんにとって必ずしも愉快なものではなかったらしい。

「そうね、そういう演技をしてたもの」

ふいに漏れた言葉に、私は次に言うべきことを見失ってしまった。演技だろうとは思っていたが、いざ本人から言われると複雑なものがある。

私が言葉に詰まったのに気づいたのか、柚崎さんは話を切り替えるように手を合わせた。

「そうそう、ラストライブの企画も考えたんだった」

そう言って柚崎さんは、病室からずっと持っていた花柄の手帳を手渡してくる。

「拝見します」

手帳には一ページ目からびっしりと書き込みがなされていた。

軽く目を通せば、ライブステージのイメージと、歌いたい曲の候補、また葬式としての進行表が書かれており、最後の方には私が連絡すべき権利関係者のリストまであった。

「手慣れてますね」

「私はね。同じグループの他のバーチャルアイドルのイベントとかも手伝ってたから。最後の権利関係は私がやり取りしても良いんだけど、いつ死んじゃうかわからないし、あなたに任せた方がいいかな、って」

　柚崎さんは自分の死も受け入れているようだった。これもライフキャストの製作を頼んだ人の一般的な反応だ。

「そうだ、他の作業は順調そう？」

「順調です。今は頂いた動画データを確認するのが中心ですが、仮のモデルも同時並行で作ってます」

「ライフキャストを作るのって、どういった作業をするの？」

　そうですね、とコンソールを起動した。しかし、柚崎さんが資料を手書きで用意してくれたことを思い、自分も口で説明することにした。

「えーと、まずは合成音声を作ります。これは既存のソフトで抜き出すだけなので作成済みです。なのでライフキャスターの主な仕事は、動画などに残った個人の振る舞いをデータ化することですね。これもデータをソフトに入れるだけで抽出はできるんですが、使用頻度の高い語彙《ごい》は、それに結びついたキーワードや連想する言葉もあるので、それを見つけて設定したり。あとは細かい動作のクセなんかも集めていきます。指紋と同じように、人によって特有の動きのクセがあるので」

身振り手振りも交えて解説してみると、横に座る柚崎さんが楽しそうに頷いてくれた。

「そういえば柚崎さんって〝黄昏キエラ〟の時と笑い方が違いますね。動画で見た限りだと、わははは、って感じで笑ってました」

「そうなの？　自分じゃ気づかないものね。そういう意味なら、キャラ作りは成功してたみたいね」

柚崎さんの言葉に、私は無意味に上げていた手を膝の上に下ろした。

どうにもさっきから、柚崎さんは〝黄昏キエラ〟を否定しているように思う。確かに名義は別で、柚崎さん本人がアイドルとして生きる必要はない。しかし、それだけでは説明できない不穏さがあった。

「柚崎さんは、何か〝黄昏キエラ〟についてイヤな思い出などがあるのですか」

「どうして、そんなことを聞くの？」

「仕事だからです。ライフキャスターとして、亡くなった人の生前の姿を克明に残すために知っておかないと」

アイドルは虚構のもの。見せたい自分だけを死後にも残しておきたい。理屈はわかる。

でも、それは欺瞞《ぎまん》だ。虚構であるなら、その裏側に本当の気持ちがないといけない。そうでなければ、残された側はずっと偽の言葉を浴びせられて苦しむだけだ。今まで何体もライフキャストを作ってきたが、どれも本物だと思えなかった。それを繰り返したくない。

「このままだと〝黄昏キエラ〟は、きっと中身のない幽霊になるだけです」

先日まではバーチャルアイドルなど、その程度でも良いと思っていた。しかし今はそう思えない。既に私は〝黄昏キエラ〟を多く見てしまった。そこには、彼女のことを魂も含めて好きになった人々がいた。彼女は虚構だが、一方で現実だ。

私はベンチに座ったまま、柚崎さんに向き直る。

「柚崎さん、やはりライフログの方も提供して頂けませんか？」

「それはダメ。無理な相談かな」

しかし、柚崎さんは首を縦に振ってはくれない。

「私の全ては、あそこに置いてきた〝黄昏キエラ〟だけ。彼女が卒業してからの私は、本当に意味のない人生だもの」

「そう、なんでしょうか」

「そう」

これ以上は平行線だろう。頑なな柚崎さんに対し、私は説得できるだけの立場にない。仕事として必要ないと割り切られたら、仕事として付き合っている私は何も言えない。

死者と生者の断絶は緩やかになったけど、生きている人間同士の対立は未だにある。

「変なことを言うけどね」

いくらか無言の時間を過ごした後、柚崎さんから声がかかった。私が横を向くと、木漏れ日の中、柚崎さんが思い詰めた表情をしていた。

「私は〝黄昏キエラ〟なんかじゃない。あの子のことが大好きな、普通の人なんだよ」

風があった。さわさわと桜の葉が揺れ、柚崎さんの顔にかかった光と影が移ろう。

6

自宅のリビングで〝黄昏キエラ〟が歌っている。

コンソール越しに二重写しになった視界。何もない白い壁がスクリーンとなり、そこに奥行きのあるステージが生まれていた。彼女はペンライトの光を浴びながら、元気いっぱいに振り付けを披露していた。

『はーい、どんどん行くよ！　聞いてね、次はこの曲だぁ。〝ハイド＆ファインド〟……』

幼い声でMCをこなした後、彼女は目を閉じてから伸びのある声で歌い出す。それまでの明るい曲から一転して、今度は孤独な自分を歌うバラードだ。無邪気な少女らしい〝黄昏キエラ〟だが、一方で儚げな姿を見せる時があり、ライブの時などはそれが表に出てくる。

「声紋は……」

キエラが歌っているのを見ながら、私は別の窓で作業を続ける。今の彼女の歌声を音声解析ソフトに流し、私自身のライフログに録音されていた柚崎碧の声と重ねる。

「完全に一致とはいかないけど、やっぱり本人だよな」

たしかに、今の柚崎さんのハスキーな声と〝黄昏キエラ〟の透明感のある声はまるで違う。本人は酒焼けのせいと言っていたが、そもそもキエラの時は意識的に変えていたのだろう。しかし、こうして低音で歌っている時の声を参照すれば、はっきり本人の声だとわかってしまう。

「じゃあ、なんであんなことを言うんだ」

まず想像したのは、柚崎さんが〝黄昏キエラ〟の熱狂的なファンで、自らが死んだ後に彼女になりすますつもりだったということ。

しかし、柚崎さんから提供されたデータには個人認証付きのものも含まれていたから、少なくとも〝黄昏キエラ〟の関係者なのは間違いない。

作業を進めつつ、私は柚崎さん本人のプロフィールも探っていった。多くがプライベート設定だったが、公開されているものを拾えば、柚崎さんの前半生がわかってきた。

「北海道出身……、大学進学時に上京」

ただし大学は中退したらしく、その時期の経歴は不明。二十歳《はたち》の頃に芸能事務所に就職と書いてあったが、これが〝黄昏キエラ〟が所属していた企業のことを指しているのかも不明。その後、三十四歳で退所し、広告代理店に勤めるようになった、とのこと。

それなら、と考えていると。

「なーに、見てんの？」

私の座るソファの裏から父とラルフが顔を覗かせてきた。壁に映る映像は私にしか見えていないから、それを前に唸り続ける私が気になっていたのだろう。

「はぁ」

「おー、溜め息吐《つ》かれたなぁ。イノルちゃんは酷《ひど》いねぇ、ねー？」

父が抱えたラルフの前足を押し付けている。冷静な飼い犬は我関せず、私の頬を舐めてくる。

「別に。ライブ映像」

「キエラちゃんの？」

小さく頷けば、父は少年のように目を輝かせた。

「いいなぁ、一緒に見ようよー」

「ダメに決まってるでしょ。預かってる個人情報なんだから。っていうか、アーカイブに同じ動画あるんだから、父さんが自分で開けば」

そこまで言ってから、しまった、と思った。父は父で、私の発言を流すべきか迷っているようだ。

「俺が使えないの、知ってるくせに。ひっでー」

結局、父は笑って流してくれた。あえて嫌味を言うことで、自分が悪者になることを選んでくれたようだった。

「ごめん」

「いいって、謝んなって」

父はラルフを抱えたまま、ソファで私と隣り合う。これで避けることも難しくなってしまった。私は観念して、壁で流れる映像を止めた。

「ライブ、どれ見る？」

「お、一緒に見ていいの？　やりぃ。じゃ、そうだな、『真夜中フェス』ってライブ上がってる？　グループ全体でやったヤツ。いや、キエラちゃんが好きなんだけど、同じ夜組だとカグヤちゃんも好きでさ」

私は父の要望に応え、自分のコンソールからアーカイブに入る。見たい動画を選んだ後、指を後ろへ向けて振り、リンク先を部屋の後方にあるプロジェクターに飛ばす。これなら実世界でも映像が表示されるから、父さんはもちろん、ラルフにだって彼女の姿が見えるはずだ。

「おお、懐かし」

ライブ映像が再生されれば、父さんは嬉しそうにしていて、ラルフも初めて見るバーチャルアイドルに目を丸くしている。後者の方はいつもと同じだけど。

「これな、セトリが神なんだよ」

「意味不明。説明して」

「セットリスト、曲順が神みたいに良いってこと」

ふぅん、と興味なさげな返事を一つ。

こうして私は〝黄昏キエラ〟のファンだった元少年、現父親のコメンタリー付きでライブを鑑賞することとなった。

「お、今の見た？　キエラちゃんが〝晴れ空ハート〟歌うとさ、サビの前でペロッと舌出すんだよ。可愛いよなぁ」

私は父の意見も参考に、歌唱時の細かなクセもデータとして入力していく。

「キエラちゃんのダンス、振り付けが大きめなんだよな。本人がバレエやってたっていうから、つま先までしっかり伸びてんの」

情報によれば、当時のバーチャルアイドルのライブはスタジオに本人が入り、表情や動きをトラッキングする機器をつけて実際に踊っていたという。企業が運営していた〝黄昏キエラ〟なら、部屋自体にもセンサーをつけて、より細部の動きまで追跡していただろう。

「せっかく一緒に見てるんだから、そういう話、もっとしといて」

「お、なに？　キエラちゃんのこともっと布教していいの？　イノルちゃんも興味出てきた？」

「仕事」

父は肩をすくめたが、それでも嬉しそうに〝黄昏キエラ〟の解説を続けてくれた。私はそれを聞きながら、中空に手を這わせてコンソールに情報を打ち込んでいく。

歌やダンスについての感想から始まり、グループ内の他メンバーだと誰々と仲が良いとか、ゲームが致命的に下手だとか、セロリを親の仇くらいに憎んでることとか。私が見てきたものより主観的だが、その分、ファンとしての思い入れのある話題だとわかる。

「にしても、こうしてると懐かしいな」

「何が？」

映像を横目に、手を止めることなく聞き返す。

「イノルが子供の頃さ、俺が時代劇見てて、こうして横に座って、アレはなに、どういう意味、って何度も聞いてくんの」

無邪気に喜ぶ父に対し、私は溜め息を返す。私にとって、子供の頃を思い出すということは、この場にある永遠の不在を意識することだった。

「そういうの求めてない。オヤジ臭いよ。ちゃんと〝黄昏キエラ〟のこと話して」

「へいへい。あ、ほら見てみ、今の〝アナタ・ランコニュ〟の歌い方が良いんだよ。切り抜きでも話題になってさ、パクリ疑惑とか言われたけど違うっしょ」

思わず手が止まった。

最近ではパクリという語は使われないが、たしか当時の文脈だと盗作とか、酷似している状態を指したもののはずだ。

「待って、それって〝黄昏キエラ〟が別人のものを真似したってこと？」

「あ、いやいや、違うって。検証動画も上がってたけどさ、結局はキエラちゃんの中の人が、そのパクリ元って言われた本人だったんじゃね、ってなって」

父は誤解しているのだろうか。私が〝黄昏キエラ〟を非難していると思い、ちぐはぐな反応を返している。こういうところが嫌いなんだ。

「違う。そのパクリ元って人のこと教えて」

「あー、だから噂だったんだけど、話し方や歌い方が別のアイドルに似てたんだよ。たしか〝Ａｎｎｅ《アン》〟っていう、そんな売れてない人で」

父から個人の名前を引き出したところで、私は急いでそのアイドルの名前を調べる。バーチャルアイドルではなく、生身の人間として歌っていた人物らしい。ただ出てきた情報は〝黄昏キエラ〟の百分の一にも満たない程度。

しかも、父が言っていた検証動画や、疑惑にまつわる記事の全てが権利者によって削除されていた。アーカイブを探っているだけでは、このアイドルと〝黄昏キエラ〟を結びつけることはできなかっただろう。

「おーい、イノルちゃん、怒った？」

それでも私は〝Ａｎｎｅ〟についての決定的な情報も知ることができた。彼女の所属していた事務所こそ、柚崎さんが働いていた芸能事務所だった。

「別に、怒ってない」

私はコンソールを閉じる前に、柚崎さんに宛てて次の面会時期を尋ねるメッセージを送った。その時に話すことになるだろうことを、一切匂わせもせずに。

「本当に怒ってない。むしろ、少し嬉しい」

私は期待していた。柚崎さんの秘密を知ることができると思った。暴かれたくない過去かもしれない。見せたくない感情があるのかもしれない。それでもいい。

これで〝黄昏キエラ〟は本物に近づけるはずだ。

7

薄暗い水族館の通路を、私は車椅子を押していく。

「いいんですか、せっかくの外出許可なのに。こちらの面会と合わせて頂かなくても」

「いいんだよ。別に私に会いに来てくれる人なんていないし。むしろ一人で来られないからって、あなたを付き合わせちゃったね」

目当ての巨大水槽では、幻想的な光に照らされる中、無数のクラゲが漂っていた。コンソールも切っているから、周囲の客も少なく見える。

「ああ、これが見たかったんだ。懐かしい。リニューアルしたから内装は全然違うけど、匂いだけはずっと同じみたい」

車椅子に座ったまま、柚崎さんが嬉しそうに両手を合わせた。

「ありがとう、デートの誘いを受けてくれて。あなたの仕事とは関係ないのに」

柚崎さんに何か含むところがあるのは理解している。一人で来られないというのもウソだ。コンソールさえあれば、柚崎さんの意思で自由に車椅子も動かせるはず。私を呼ぶための、単なる口実だ。

でも私は、まだ言葉を飲み込む。

「いいえ。依頼された方の人生に寄り添うことの全てが、私の仕事ですので」

くすくす、と柚崎さんが笑った。水槽に反射する影に穏やかな表情があった。

「残念だなぁ。私のこと好きになったから、って答えてもらいたかったのに」

七色に照らされるクラゲたちと重なって、柚崎さんの鏡像がイタズラっぽく小さく舌を出した。

「今の仕草は〝黄昏キエラ〟でも見ましたよ。ちゃんと入力してありますので」

「そんなところも見てくれてるんだね。嬉しい」

そこで会話が一旦途切れた。落ち着いた館内で柚崎さんがクラゲを眺める中、私はこの後に何を言うべきか思案する。

父の指摘を受けてから今日まで、改めて〝Ａｎｎｅ〟というアイドルのことを調べていた。得られる情報が大きく増えたわけではないけど、五十年以上も前の小さな芸能関係の記事を拾い集めた。

プロフィールによれば〝Ａｎｎｅ〟の生年は柚崎さんと同じ一九九五年。デビューは二〇一四年で、ちょうど柚崎さんが大学を中退する直前だ。肝心の歌っている姿は見つけられなかったが、唯一、暗がりで撮られた横顔の写真だけがあった。もちろん柚崎さん本人と一致するかソフトで判定したが、古ぼけた写真では正確とは言えない。

だから、本人に尋ねるしかない。そう覚悟を決めて、この場所に来たはずだ。

「イノルさん」

だというのに、この人は。

「どう、〝黄昏キエラ〟のこと、ちゃんと知ってくれた？」

「え？」

こちらが驚いていると、柚崎さんは首を回して私の方を見上げてくる。

「だって〝Ａｎｎｅ〟のこと調べたんでしょ？」

「それは、でも……。なんで」

「彼女についての動画、権利者は私だからね。アクセスがあったことだけはわかるよ。みんな忘れちゃった彼女のこと、こんな今更になって調べてる人なんて、アナタだけでしよ？」

迂闊《うかつ》だったのは、どうやら私の方らしい。

「待ってたんだよ、いつ言い出してくるのかな、って。あなたが本気で彼女のことを知りたく思ってくれて、本当に良かった」

思わず天を仰ぐ。ちょうど水槽の中では、クラゲたちが上方から撒かれた粒子状の餌に群がっていた。

「私は、まんまと餌にくいついてしまった訳ですね」

こちらが〝黄昏キエラ〟に深入りすれば、必ず〝Ａｎｎｅ〟の情報にたどり着く。そう予測して、柚崎さんは普段から彼女の関連動画のアクセス元を確認していたのだろう。

「でも、どうして言ってくれなかったんですか？」

「だって、あなた、最初の面会で食い下がったじゃない。私のライフキャストはアイドルとしての外側だけで良いって言ったのに、中身を知りたいだなんて。だったら、わざわざ私が言わなくても調べてくれると思った」

「当然です、よ」

そうは言ったが自信はない。

最初から私は試されていたのだ。本物のライフキャストを作る。そう意気込んでおいて、過去の〝黄昏キエラ〟の真実にも気づかないでいたら、きっと柚崎さんは私を見放していただろう。後半生のライフログを提供してくれと頼んでも、絶対に許してはくれない。

だから、これ以上は言い訳できない。

「いえ、正直に言えば、私はまだ柚崎さんのことを知らないんです」

私が〝黄昏キエラ〟について本気になり始めたのは、父が彼女について言及してからだ。あの一件がなければ、私は預けられたデータを使い、五十年前のバーチャルアイドルを再現しただけで終わっていたかもしれない。

「ライフキャスターの仕事は、他人の人生に肩入れしすぎると長続きしないんです。だから、どこかで線引きしてました。この仕事を選んだ時に決めていたんです」

きっと私は〝黄昏キエラ〟のことが好きになってしまったのだ。

単なる可愛らしい3Dモデルと、わざとらしい受け答え。本気になるのはどうかしてる。でも、彼女が時折見せる儚げな空気や、わずかに感じられる魂の存在が何より眩《まぶ》しかった。

「いずれ亡くなる方と真剣に向き合うのは、たった一度だけにしよう、って。私の人生を変えられるような人が現れたら、その人のために仕事を終わりにしてもいい、って」

私は車椅子の横に膝をつき、柚崎さんの顔を見据えた。

「ふふ」

やや間があってから、柚崎さんは微笑んでくれた。

「貴重な一度を私に使ってくれるの？　どうせ死んじゃうのに？」

「死んでしまうから、向き合うんです」

しばらく見つめ合った後、何かを観念したように柚崎さんは長く息を吐いた。そして再び水槽に向き直るのと共に、私のコンソールにメッセージが送られてきた。

「期待してる」

虚空で封筒が勝手に開く。添付されていた鍵には、柚崎さんのライフログへのアクセス権が付与されていた。

「後悔しないでね。結構、イヤな場面ばかりだから」

「柚崎さん」

でも、と、こちらを遮る低い声があった。

「イノルさん、まだ一つだけ誤解してる」

「え？」

立ち上がる瞬間、私は柚崎さんの冷たい顔を初めて見た。

「この水族館ね、私が彼女と初めてデートで来た場所なのよ」

「彼女？」

柚崎さんが目を細めた。酷薄な表情は消え、手を合わせて楽しげに笑う。

「イノルさんは〝黄昏キエラ〟の中の人が〝Ａｎｎｅ〟だと思ってくれたみたいね。そこは失望なんてしない。むしろ嬉しい」

「別人……、なんですか？」

「あの子、〝Ａｎｎｅ〟は私が担当したアイドルだよ。私はマネージャーだったの。全然売れなかったけど、もっと人気になってほしかったよ。ああ、私が芸能事務所にいたことは調べてくれてるよね？」

なんで、と言ったつもりだったが、口が開いただけで言葉は出てこなかった。

「死んじゃったの、彼女」

水槽のクラゲたちが、上方の光に向かって漂っていく。まるで光の先に天国があるかのように。

「だから私は、大好きな彼女をこの世に残そうと思った。私が知ってる限りの彼女を〝黄昏キエラ〟として演じることで」

もしかしたら、と柚崎さんが呟く。

「私は彼女の人生で作られた、ライフキャストだったのかもね」

8

自らのオフィスで一人、私は柚崎さんのライフログを再生する。

『本当に、これで撮れてるのかな』

ライフログの再生には様々な方法があるが、今回はより没入感の高い〝アブソーバー〟を選んだ。普通は恋人や家族など、プライベートな間柄のみに許可が出されるものだ。これは吸収という意味の通り、私の体内にあるコンソールが対象者の人生を再現するように働く。

だから今、私の視界は二十四年前の柚崎さん自身のものになっている。脳に映像を流し込んでいるようなものだから、ちょうど明晰夢《めいせきむ》を見ている感覚に近い。

『さっきまで、アンナの墓参りに行ってたよ。だんだん集まりは悪くなってくね。もう社長も来てない。お母様と私だけだった』

それまで暗闇だった世界に光が灯った。ライターの火によって、鏡台の前に座る柚崎さんの顔が浮かび上がる。まだ髪も染めていたのか、今よりずっと若々しく見えた。

『で、その帰り道でコンソールを入れた。痛い手術だと思ってたけど、全然だよ。貰った薬をいくつか飲んで、そのまま店に案内されて機械と接続する初期設定も終了。初めてスマホを買った時より、ずっと簡単だった』

ようやく暗い部屋に目が慣れてきた。部屋は荒れ果てていて、高そうな家具が並んでいるのに、あちこちにゴミが散らばっていた。

ふいに濃い煙が吐き出された。紙タバコの淡い火に照らされ、鏡に映る柚崎さんの顔が歪む。

『心変わりしたのさ。お母様が言ってた。もう自分も長くないから、私が死んだら、アンナのことを覚えていてくれるのはアナタだけ、って。それでも良かったけど、やっぱり寂しいね』

柚崎さんの手が鏡台のひきだしに触れる。中から取り出されたのは一枚の写真。

そこには、制服姿の少女がいた。

『もうキエラもいない。少しは話題になったけど、それももう忘れられてしまった。このままだと、本当にアンナは世界からいなくなってしまう。ならせめて、私が残りの人生を使って彼女を残したい』

タバコが灰皿に置かれ、細い煙が漂う中、写真に震える手が重ねられた。

『品川アンナは私の高校の同級生だった。最初から仲が良いってこともなくて、ただ好きなバンドが同じだった。それで良く話すようになって、いつしか二人でいるのが当たり前になった』

　私は柚崎さんの目を通して、二十四年前の光景と、それより過去の写真を見ていた。アンナと呼ばれた写真の少女は朗《ほが》らかな笑みを浮かべている。

『高校を卒業して私は大学に行った。アンナは〝Ａｎｎｅ〟って名前でアイドルになった。歌手になりたい、っていう夢は何度も聞かされてた。一緒にカラオケに行けば、歌の上手い彼女を私も褒めていたから』

　視界が揺れる。柚崎さんが部屋を見回していた。何度か指を試すように振っていた。どうやら部屋に備え付けのスピーカーを遠隔で起動したかったらしい。

『私は素直に喜んだ。彼女のライブ現場に何度も足を運んだ。でも一年ほど経って、彼女が伸び悩んでいることを知った。私はいてもたってもいられず、バイト扱いで彼女の所属する芸能事務所に入った。この辺の感情は恥ずかしいからカットしとこうか。ただ私は大好きだったんだ。彼女のことが』

　スピーカーを通して部屋に歌声が溢れる。儚げな声で歌われるバラード。それは聞いたことの無いものだったが、一方で何度も聞いていたように思えた。

『私は大学もやめて、本格的にアンナに寄り添う道を選んだ。やがて彼女のマネージャーになって、どうして彼女が伸び悩んでいたのかも理解した。彼女は本人の性格と歌声にギャップがありすぎるんだ。どこか病的で、今にも死んでしまいそうな歌い方をするくせに、本人は明るく楽観的で、人好きのする性格だから』

再びタバコに手が伸ばされるのと同時に、柚崎さんは転がっていたボトルを無造作に拾い上げる。開封済みのウィスキーをグラスに移すこともなく、そのまま呷《あお》り始める。

『へぇ、コンソール様々だ。アルコールの検知もしてくれるの。ウザいって』

ボン、とボトルがベッドに放り投げられた。飲みかけの液体がドクドクと流れ出し、高級そうな羽毛布団に染み込んでいく。

『その時期、私はアンナと何度も喧嘩したよ。私は彼女に人気になってもらいたかったから、本人の性格を無視して歌声に合った生き方をするよう求めた。表に出ず、交流もしないミステリアスなアイドルでやろう、って。でも、そうすると数少ないファンも離れていって、彼女は完全に孤立してしまった。何度も泣いてたよ。その度に私は彼女をなだめた。今だけ耐えれば、いつか見出してもらえる』

部屋には〝Ａｎｎｅ〟の歌声がある。絶望について語る歌詞は、彼女の声に乗って切実に感じられた。

『少しだけ本心を言えば』

柚崎さんが鏡台に向き直る。その顔は憔悴《しょうすい》しきっていて、今にも死んでしまいそうだった。

『私はアンナを独り占めしたかったんだ。あの笑顔も歌声も、私のためだけにあればいいって思ってた。顔も見えないファンに向けてほしくなかった。だから、彼女の生き方を狭めた』

でも、と柚崎さんは震える手で顔を覆った。

『間違いだった。彼女は生きる希望をなくしていた。私のことを唯一の理解者だと思っていたらしい。そんな私が彼女の性格を否定してしまった。もう誰も私を見てくれない。遺書にはそんなことが書かれていたよ』

わずかに手が下げられる。鏡像には憎しみの視線があった。

『彼女は自殺した。二十二歳だった。誰も彼女のことを覚えてくれないまま』

＊

ここで一度、私はライフログの再生を切ってパイプ椅子に座り込む。

長時間にわたって〝アブソーバー〟でライフログを視聴すると、対象者の感情に引っ張られる。痛みも悲しみも他人のものだというのに、脳が自身に起きたものだと錯覚するからだ。

「でも、まだ」

急がないといけない。ライフキャスターの仕事で難しいのは、依頼者のライフログをいかにして切り取るかだ。全てを見ることはできない。時間をかければ、取材すべき相手に物理的な死がやってくる。

「次は」

こういう時、私は関連したワードで拾うことがある。紙の辞書を自分の手で引く作業に似ている。知りたい情報が載っていそうな箇所に当たりをつけ、その前後から探っていく。

もちろん、次に拾うべきは〝黄昏キエラ〟の語だ。

『今日は懐かしい気分になれたよ』

そういった言葉から始まった記録。今から十三年前の柚崎さんの記憶。

私は再び目を閉じ、柚崎さんの精神をなぞっていく。

『たまたま見たチャンネルでね、四十年前の文化を紹介してくれてた。シネコンで見る映画、コンビニのお菓子、流行ったアニメ、それからバーチャルアイドルについても取り上げてくれた』

今度も柚崎さんは自室にいるようだった。ただし、以前の部屋は引き払ったのか、今回のものはベッドだけが置かれた真っ白な空間だった。

『その中でキエラのことも紹介してくれた。他のバーチャルアイドルに混じってね。人気は上から十番目くらい』

柚崎さんが手を振った。白い壁にはめ込まれたモニターに動画が映し出された。そこでは〝黄昏キエラ〟が口を開けたまま、左右に揺れていた。

『あれほど馬鹿げた時代はなかったよ。なんで、あんな偽物が人気になっちゃうんだろうね』

映像の中で、バーチャルアイドルの彼女が歌っていた。つい先日、私も同じものを見た。サードライブで披露した新曲〝ヤドカリになっちゃったら〟だ。

『ふふ、変な曲。でもキエラっぽい。きっと、彼女も本当はこんな歌を歌いたかったんだろうね』

当たりのようだ。この映像でも、柚崎さんは〝Ａｎｎｅ〟について言及するようだった。

『あの子が自殺した直後だったかな。事務所の社長がバーチャルアイドルの話を持ってきた。社長の知り合いがプロデューサーだった。で、私はそれに飛びついた。募集は所属アイドルに限定されてなかったから』

モニターの中で〝黄昏キエラ〟が踊って跳ねている。バーチャル上の映像だったが、ファンの人たちは間違いなく画面の向こうに存在したのだろう。

『最初は嫌味のつもりだった。社長が〝Ａｎｎｅ〟のことをなかったことにしようとしてたから、私は彼女のクセを真似てバーチャルアイドルを始めた。いや、違うな。私自身が、あの子になりたかったのかも』

忘れないで、という〝黄昏キエラ〟の歌声と、柚崎さんの小さな呟きが重なった。

『私が〝Ａｎｎｅ〟になれば、みんなが彼女のことを忘れないでいてくれる。そう気づいてから、どんどん自分を彼女に近づけた』

柚崎さんは立ち上がったのだろう、視界が高くなって揺れる。ふらふらとモニターの方へと近づいていく。

『そしたら〝黄昏キエラ〟は信じられないくらいの人気者になった。どうして？　あんな偽物のどこが良かったんだ？　それともアンナが本来の性格でアイドルを続けていたら、同じくらい人気者になれたのか？』

拳がモニターに打ち付けられた。

『ふざけるなよ。だったら、なんでもっと早く彼女の魅力に気づいてあげなかったんだ！』

視線は笑顔をふりまく〝黄昏キエラ〟に向けられる。ライブ映像の横に設けられたコメント欄で、ファンの人たちが彼女のことを褒め称えていた。

『違う。わかってる。私が、私が間違えたんだ。あの子の、ありのままの生き方を肯定してあげてたら、そしたら……』

その一瞬、〝黄昏キエラ〟の顔が辛《つら》そうに歪んだ。

＊

次に再生したライフログの日付は、去年の三月二十日だった。太陽の光の下《もと》、鮮やかに桜が咲き誇っている。そして、この風景は私も知っているものだった。

『病院内だとコンソールの通信ができないみたいだね。わざわざ中庭まで出てきてしまった』

いつか私と並んで座ったベンチに柚崎さんが腰掛ける。視界にははらはらと散る桜と、あちこちで談笑する入院着の人たちだ。この場にいる人たちは、誰もが死を待っているというのに。

『検査の結果は最悪だった。もうすぐ死ぬらしい。仕方ないね、酒もタバコもやめられなかったんだ。むしろ遅いくらいだよ』

柚崎さんがコンソールを起動したようだった。物理的な映像ではないため、視覚を記録されたライフログでは中身まで見ることはできない。

『だから、そろそろ死ぬ準備をしないといけないと思ってね』

話しぶりから、柚崎さんがライフキャストに関する情報を集めているのだと気づいた。

『自分の死を意識して初めて、私は〞黄昏キエラ〟のことを理解できたよ。あれはアンナじゃないし、私自身でもない。全くの別物だ。ファンの願いに応えるうちに生まれた幻なんだ』

柚崎さんの手に手帳があった。用意されたペンでサラサラと文字が記されていく。内容は以前に私が見た〞黄昏キエラ〟のラストライブの進行表だった。

『だったら、この世に残すのは〞黄昏キエラ〟にしよう。偽物で構わない。でももし、彼女を通して誰かが〞Ａｎｎｅ〟の面影を感じてくれたなら』

視線が前を向く。そこに普段着の少女がいる。誰かの見舞いなのだろう。その手には黄色いスイートピーの花束が握られていた。

『少しだけ期待しちゃうな。私たちの人生が無意味じゃなかったって』

視界の中で柚崎さんが手を伸ばした直後、ピロンと無粋な着信音が響いた。発信元は柚崎さんの入院している病院。私は〝アブソーバー〟を終了し、コンソールで着信を受けた。

私が聞かされたのは、柚崎さんの容態が悪化したという報告だった。

9

一度は生死の境をさまよったようだが、柚崎さんはどうにか持ち直した。ただし、今回が最後の外出になるだろう、とは病院側から何度も言い聞かされた。

「だから、本当にありがとうございます」

絨毯の敷かれた大理石調の床を歩く。隣には車椅子で進む柚崎さんの姿がある。

「私の個人的な誘いを受けてくれて」

「いいよ。今まで沢山付き合ってもらったから、最後くらいはイノルさんに付き合いたい」

柚崎さんの顔は最初に会った時より痩せこけていて、白かった肌も土気色にくすんでいる。年は越せないだろう、というのが病院側の見解だ。

「でも、一緒に霊園に来るなんてね。ステージの下見かな」

思わず笑ってしまう。今日まで柚崎さんと一緒に過ごしたことで、私も自然と笑えるようになった。

「会ってもらいたい人がいるんです」

郊外に作られた公営の霊園だ。広い庭には樹木葬で使われた大きなクスノキがあり、巨大な墓廟《ぼびょう》には無数の骨壺が納められている。いずれもライフキャストが普及した今では時代遅れになってしまったものたちだ。

それでも、私のように訪れる人間もいる。

「柚崎さんのログを見ていて何度も考えました。きっとこの人は、ライフキャストが本物でないことが怖いんだろう、って」

「おや、随分と寄り添ってくれるね」

「私も同じ気持ちだったので」

やがて私たちは墓廟の中央に至る。絨毯の周囲には無数の枯れない造花が敷かれていた。神殿をモチーフにした場所だが、円形の壁に無数の小窓がある様はオペラ劇場にも見える。

ドーム天井のステンドグラスから光が注がれる中、私はコンソールを起動して個人用のパスをかざす。すると壁の小窓の一つに光が灯る。そこにある蠟燭《ろうそく》型の電飾の下には、私のよく知る人物の名があった。

「私はずっと、あの人が偽物なんだと思ってました」

墓廟の奥、花で溢れた床の一部が長方形に切り取られる。やがて奈落から透明な棺桶がせり出してきた。ケースに納められているのは人間ではなく、特徴のない汎用の男性型人工体だった。

「あれは？」

「あれ自体は誰でもありません。墓参りに来た人が使う共用の人工体です。オーダーメイドのものは高額なので。パスを使えば、会いたい故人と体格が近いものが選ばれます。ウィッグと簡易なマスクは用意できますが、今日はいいかな、って。それで、あとはライフキャストのデータを送れば――」

透明な棺桶が開かれる。目を閉じていた人工体は、こちらが送ったライフキャストを内部で起動させたようだった。

「父さん」

私が声をかけると、小清水アキヒロとなった人工体が起き上がった。

「ああ、イノル。珍しいな、わざわざこっちに来るなんて」

「会ってもらいたい人がいてね」

私が首を横に向けると、父は柚崎さんの存在に気づいたようだった。もちろん、この状況で私が紹介するという意味も伝わっているだろう。

「あ、もしかして、その人が」

父は棺桶の上で半身だけをひねり、柚崎さんを眩しそうに見つめている。顔は汎用型だから、全く父には似ていないけど、こうした反応が何より彼を実感させる。

「ちょっと、困っちゃった。ねぇ、イノルさん」

「大丈夫です。きっと父は中の人とか気にしませんよ」

ねぇ、と私が父に振れば、彼は満面の笑みを浮かべていた。

「中学の頃、キエラちゃんの動画見てました。会えて嬉しいです」

その反応を確かめてから、私は再びコンソールを操作する。父のライフキャストをこの場から退去させるつもりだった。そのことを伝えると、父は悲しそうに眉を下げた。

「なんだよ、もう終わりか？　せっかく会えたのにさ」

子供っぽく拗《す》ねる父に文句を言おうとしたが、それより早く柚崎さんの手が伸ばされていた。んん、と咳払いがあった。

「また会えるよ、向こうでね」

高い声と朗らかな笑み。手を振る仕草は〝黄昏キエラ〟のそれと同じだった。

「うっす、待ってます！　おつキエラです！」

そんな言葉を残し、この場から父のライフキャストは去っていった。残された私たちは互いに溜め息を吐く。私は予想以上の反応をした父の情けなさのせいだけど、きっと柚崎さんは純粋な驚きからだ。

「あなたのお父様、亡くなってたのね。家で話をしたって言ってたから、てっきり」

「自宅にはオーダーメイドの人工体があります。生前の父が用意した一番高い墓石ですよ。誘拐、というか盗難の恐れがあるから外には出せませんが」

その他もろもろもあり、オーダーメイドの人工体を帯同させることは条例で禁止されている。死者と生者の区別がつかなくなる、というのが一番の大きな理由らしいが。

「他人のライフキャストをじっくり見ることなんてなかったけど、あんなに自然に動くんだね」

「大体はパターンによる反応です。マイクとカメラはあるので画像認識と音声認識ができ、完璧とまではいきませんが人間的な日常生活は送れます。ただ死者にはアカウントがないので、自発的にコンソールは使えません」

「そう、でも十分。死んだ後が楽しみになってきた。でも、別にお父様の人工体を見せたかった訳じゃないよね。私は人工体を使う予定はないし」

私は数歩だけ歩き、柚崎さんと正面で向き合った。

「柚崎さんが自分の人生を見せてくださったので、私も正直に言うべきだと思いました」

あの人は、と呟きながら、私は去ってしまった人のことを思い出していた。

「父は八年前に死にました。大雪の日で、私が大学の受験会場まで行くのに車を出してくれました。自動運転を切って飛ばしていたせいで、スリップした車がガードレールに衝突しました」

あの日の光景が脳裏に蘇る。父は衝突時にケガをしていて、頭から血を流していた。でも事故自体は致命的なものではなかったはずだ。

「そのまま病院に行けば良かったんです。でも父は私のために無理をして、すぐ別の車を回してくれて。私は無事に受験を終えました。それで家に帰ってみると父が倒れてました。脳出血していたのを放置したせいです」

私が自宅に戻った時、父はキッチンで倒れていた。作りかけの料理は私の好物ばかりだった。動かなくなった父の顔を、まだ子犬だったラルフが舐めていたのを覚えている。

「辛かった？」

「そうですね、当時は。ただ父は生前からライフキャスティングの予約をしていたらしく、その年の秋には再会できました。最初は私も無邪気に喜びました」

でも、それは不幸だった。

乗り越えるべき父の死は、その壁自体が崩れてしまった。だから、次第に私は父のライフキャストを偽物と感じるようになった。彼は父親ではなく、その理想だけを組み込んだ機械のはずだ、と。

「あの父は、私のことを責めないんです」

いつも笑っていた。生きている間は何度も怒られたのに、いざ死んでしまうと、あの人は私のすること全てを許してくれた。

「私のせいで死んだのに、そのことを何も言わないんです」

「だから、偽物だって？」

「はい。きっとライフキャスターの腕が悪かったんだ、って思いました。自分の死を笑って許す父を見るたび、きっとその反応は遺族のために用意されたマニュアルなんだろう、って」

それを確かめるために、実際に自分もライフキャスターとなった。実際はそんなマニュアルなんて存在しない。どこかでわかっていたことでもあった。

「しゃがんで」

過去を噛みしめていると、不意に伸ばされる手があった。私は何も考えず、ただ膝を落として柚崎さんを見上げる。

「生き残った側って、もう謝れないのが辛いんだ」

そう言って、柚崎さんは細い手で私の頭を撫でてくれた。

「いくら自分が悪いって思っても、それを咎《とが》めてくれる人はいない。ひたすらに気持ちを辿ってみて、彼なら、彼女なら自分を許してくれるだろう、って信じようとする。でも、どこかで偽物の言葉だと感じてしまう」

そうだ。私は柚崎さんと同じ立場だった。亡くなった人に囚《とら》われ、その魂を再現して自分を罰してくれるのを待った。でも、いざ生まれてきた魂は、必ずこちらを許してしまうから。

ただ私には、一つだけ柚崎さんより救われたことがあった。

「柚崎さん」

私は頭を撫でてくれる弱々しい手を取った。

「この間まで、私は父を偽物だと思ってたんです。でも、もしかしたら、と思えることがありました」

「そうなの？」

「父は、生前には〝黄昏キエラ〟の話題なんてしてこなかったんです。だから私にとって、キエラちゃんのことを話す父は、初めて見る姿でした」

私の知らない父の姿がある。

もちろん過去の情報から拾ってきただけの反応なのだろう。それでも私が話すかもわからない話題をキーワードとして、あれだけ饒舌《じょうぜつ》に、また楽しそうに語ってくれる。それは魂の実在を感じさせるのに十分な感動だった。

「希望になりました。父は出来損ないのライフキャストなんかじゃなくて、死者として、きちんと魂を持って、そこに存在してるのかもしれない」

「それなら、あなたを許す言葉だって、本当の気持ちだ」

柚崎さんのもう一方の手が、私の手を包んでくれた。

「感謝します。あの〝黄昏キエラ〟にも、そこにある柚崎さんという方の魂にも」

だから私は〝黄昏キエラ〟のライフキャストを作りたかった。それは幻ではなく、アイドルの〝Ａｎｎｅ〟を愛していた、柚崎碧という人間の全てとして。

「最高のライブにしましょう。私は最高のライフキャストを用意します」

墓廟で私たちは手を取り合い、近く訪れる最後を夢想した。

ステンドグラスから漏れる光はステージライトで、周囲に舞う色とりどりの花はペンライト。小窓から覗く死者たちからは応援と祝福の声がある。

「なら早速、ラストライブの進行でも話しましょうか。まぁ、死んだ後のことは全て任せるから」

イタズラっぽい笑みで、柚崎さんが一言。

10

いよいよ〝黄昏キエラ〟のラストライブが始まった。

一番星が輝く黄色の瞳、可愛らしいツインテールは藍色とオレンジのグラデーション。ミリタリージャケットにゴシックドレスを合わせた姿は彼女がデビュー当時に着ていたもの。選ばれた一曲目も彼女がライブイベントで最初に披露した〝ガールズ・トワイライト〟だ。

コメント欄には当時を懐かしむ声と、五十年前の文化を今になって視聴して盛り上がる人たちの様子がある。彼女に捧げられた〝香典チャット〟は止まることがない。ちなみに送られたお金は全て、全国の公営霊園へ寄付することを告知済みだ。

『はーい、ということで一曲目でしたぁ。ねー、懐かしいー。わっは、もう泣きそうなんだけど』

３Ｄのステージ上で彼女が跳ねている。それに応えるべく、ファンたちがペンライトを振って大いに盛り上げていた。

私は、この日が来るまでのことを思い出す。

＊

柚崎さんの病状が悪化するのに比例して、各地で〝黄昏キエラ〟関連のコメントが増えていった。ベッドに繋がれるチューブの数は、まるでキエラに伸ばされる縁《えにし》の糸に見えた。

「あーあ、本当に面倒で、本当に楽しい作業だ」

柚崎さんは手元で紙資料をめくりながら、煩わしそうに、それでいてどこか嬉しそうに、自分の体に絡まるチューブを整えていた。

「キエラのモデルの使用許可も出ました。権利を持っている会社も自由にやってくれとのことで。あとは当時のプラットフォーム企業も乗り気……、というか偉い人がキエラのファンだったそうで、配信の手配を全て請け負ってくれました。あとは柚崎さんの元職場、広告代理店が宣伝もやってくれたので、もう数万件の反応がありましたよ」

「なんだ、意外と覚えてくれてたんだね」

くすくす、と柚崎さんが楽しそうに笑い、一方で痛みを誤魔化すように深く息を吐いた。

「まだまだ増えますよ。なんといっても〝黄昏キエラ〟のファンは百万人以上ですから」

「半分くらいは亡くなってるって」

「同じです。父と同じように、ライフキャストが〝黄昏キエラ〟に反応して盛り上がっている例もあるみたいで」

本当に不思議で、変な笑いが出る光景になる。

死者も生者も関係なく、ただ〝黄昏キエラ〟が好きな人々が一堂に会するのだ。配信会場に集まるアバターたちが、果たして生きている人なのか、それともライフキャストなのか、きっと見分けもつかないだろう。

「そうだ、後は〝黄昏キエラ〟のデザインをしてくれた方が、今回のためだけに新衣装を用意するそうで」

「ウソでしょ？　絵師の先生、もう亡くなってる……、って、まさか」

「はい、ライフキャストになっても今回のことを喜んでくれているようで。微調整は故人と仲の良いイラストレーターの方にお任せするのですが」

今度は柚崎さんも本当におかしかったのか、必死に笑いを堪《こら》えているようだった。

「変なの。本当、死ぬのが楽しみになってきちゃった」

＊

ライブの二曲目は父も気に入っていた〝晴れ空ハート〟だ。

ひたすらに明るくポップな曲で、ステージ上を〝黄昏キエラ〟が所狭しと弾んで駆ける。

また会場の空を浮遊するキューブモニターには五十年前の配信動画が流されており、現在のコメント欄でも当時の発言を真似てペンライトの絵文字が並ぶ。

やがてサビ前、彼女がペロッと舌を出す。

同時に、キエラの体が光の粒子に包まれる。そのまま彼女は華麗にターンを決め、次の衣装に早着替えだ。

『これー、懐かしいよね！』

間奏中に彼女がはしゃいでいた。ここからは〝黄昏キエラ〟の二つ目の衣装。長い髪はばっさりと切られてミディアムボブ、秋をイメージした服はベレー帽と膨らんだバルーン袖にタータンチェックのスカート。モデルに張り付いたストールが肩まわりで揺れていた。

新たな彼女の登場に会場は盛り上がっている。コメント欄は流れ続け、今になって配信を知った人たちも集まってきている。この時点で視聴者数は十万人を越えていた。ただし、死者の数は抜いて。

今回の配信は様々な形式で視聴ができる。

生者はコンソールを通して、自身の視界にライブ会場を映すこともできる。またライフキャストと一緒に見る際は、私が父としたように、スクリーンに投影すればいい。この配信のみ特別に、ライフキャスト専用の観覧席――つまり会場に備え付けの専用のアバターたちだ――もあるという。

私は彼女を見守りつつ、手元のコンソールで葬儀の進行を確認する。この後は〝ヤドカリになっちゃったら〟を披露し、そこで十分程度の雑談が入るはずだ。また後半には〝ハイド&ファインド〟や〝アナタ・ランコニュ〟といった静かな曲が続く。

それらは、彼女の正体が〝Ａｎｎｅ〟だと思われた原因の曲でもある。

＊

柚崎さんの病室を見回す。既に多くの本棚は撤去されていて、書斎風だった部屋も今は殺風景な白い空間となってしまった。

「本当に、歌うんですね」

　私はベッドに縫い付けられた柚崎さんに声をかける。既に声を出すのも辛いということで、発話補助機を通して声が返ってきた。

「歌うよ」

「静かな曲は〝Ａｎｎｅ〟に似るはずです。以前の疑惑が再燃するかもしれませんよ」

「いいじゃないか。キエラは私であって、同時に彼女でもあるんだから」

　もしかしたら私は苦い顔をしていたかもしれない。柚崎さんの覚悟も十分に理解しているが、下手をしたら〝Ａｎｎｅ〟が〝黄昏キエラ〟を上書きしてしまわないか。それでは柚崎さんという個人を残すことができない。

「大丈夫だよ」

　そんな私の思考を打ち切るように、柚崎さんの優しい声が届いた。

「あなたなら、大丈夫。きっと良いライフキャストを作ってくれる。単なる偽物じゃない、本当の〝黄昏キエラ〟の」

　柚崎さんは震える手を上へと伸ばし、自身の胸の前で小さく合わせた。

＊

次の衣装は黒いドレスだった。花をあしらったベールの下に〝黄昏キエラ〟の儚げな笑みがある。

『次の曲は、ちょっと思うとこあるかな。でも聞いてね』

ステージの光は絞られ、一条《ひとすじ》のスポットライトだけが彼女を照らす。喪服に身を包んだ彼女が、自身ではなく、遠く過去に亡くなった愛しい相手のために歌う。

消え入りそうな声で歌う〝アナタ・ランコニュ〟は、恋に溺れて自分を見失った少女についての曲だ。

柚崎さんと品川アンナ。〝黄昏キエラ〟と〝Ａｎｎｅ〟。私は二人の間にあった全てを知る訳ではない。どれほど愛していて、どれほど苦しんだのかも知らない。

でも、今の歌を聞いただけでも僅かに想像できる。

『この曲ね』

やがて曲が後奏《アウトロ》に入った時、キエラが歌の余韻を残したまま観客に語りかける。

『私の大切な人のことを思って歌ってる』

突然の告白に会場が静まり返る。曲も終わり、暗い会場ではキエラの声だけが響く。

『昔、その人と間違われたこともあった。でも違うよ。私はその人じゃない。私はただ、その人に近づきたかったから似せて歌ってただけ。あんまり私自身の魂の話とかしないから、不安に思わせちゃったかもしれないけど』

こういった反応をするのは想定内だ。柚崎さんの思いをトレースし、それを〝黄昏キエラ〟としてライフキャストに込めた時点で、この告白をするだろうと思っていた。

ただ怖いのは、これを聞く人々の反応だ。

『でも忘れないで。私は私で、その人はその人だから。どっちのことも覚えておいて』

ね、とキエラが笑った。

それでも会場は静かなままで、生者も死者も彼女の言葉に反応できないでいた。

私は横でコンソールを操作し、今回の葬儀についての視聴者の反応を集めていた。既にキエラの告白は話題になっていて、当時のパクリ疑惑のことを知る人々が古い記事を引っ張り出してきていた。

『わはは……。どうしよう、テンション下げちゃったな。そうだよね、やっぱ偽物は嫌いだよね』

ごめんね、と彼女が寂しげに謝った。

しかし、ここで暗い会場に光が灯った。

小さなペンライトが揺れていた。会場の遠く離れた一角。ステージの〝黄昏キエラ〟の真正面、そこはライフキャスト専用の観覧席だったはずだ。

『あ、ふふ』

やがて一つだけだったペンライトの明かりは増えていく。オレンジ色の光が黄金の波となって左右に広がっていく。そして拍手と喝采が会場を包んだ。

『なんだよ、意外と盛り上がってくれんじゃん！』

ステージに光など必要なかった。ファンたちが灯したオレンジのペンライトが全てを照らす。ここは死の淵だが、世界で最も明るい場所になった。

『あー、もう！　これじゃしっとりした曲できないね、いっか、いいよね！　明るく行こう、私のお葬式だから！』

そこで〝黄昏キエラ〟が指を弾いた。光の粒子が再び彼女を包み、その下から新たな衣装が現れる。

『ねぇー、ヤバくない？　これ今日のための新衣装～』

それはゴシックドレスのデザインを活かしつつ新たに仕立てられた、純白の花の散るエンディングドレスだ。その姿を見て、会場の盛り上がりも最高潮だ。

『このまま最後の新曲もやっちゃおう！　一緒に踊ってね、〝黄昏パーティータイム〟だ！』

にぎやかなイントロが奏でられる。オレンジに染まった会場に、聞こえないはずの歓声が響く。観客たちが隣の誰かと肩を組み、揃って楽しげにステップを踏む。今は死者も生者も関係なく、誰もが黄泉《よみ》の国の住民として踊り明かす。

＊

「踊りましょう、イノルさん」

冷たくなった体で、柚崎さんが私に手を伸ばす。

「人生の最後は、こんな風に踊っていたいから」

私は聞こえないはずの声を聞き、その人の手を取った。円形の墓廟の中央で、私たちは楽しげにステップを踏む。

「そういえば柚崎さん」

「なにかな？」

「柚崎さん、って両手を胸の前で合わせるクセがありますね。何か悪巧みする時に出てるようですが」

「おや、そうなんだ。意識してなかったよ」

私の手を取ったまま、柚崎さんが愉快そうに笑う。

「もちろんライフキャストに入力はしてるんですが」

「へぇ、でも削除しておいて」

「恥ずかしいんですか？」

わはは、と快活な笑い声が返ってくる。

「違う違う。また新しい悪巧みを思いついちゃったからさ。とにかくライフキャストから全部抜いておいて。私にそんなクセはない、っていう設定で」

意味もわからず、私は踊りながらも首をひねる。

「ねぇ、魂って本当にあると思う？」

「難しいですね。こんな仕事をしていると、意識というのが単なるリアクションの集合体だと思ってしまうので」

何度も見てきた光景だ。

私が入力しただけの反応に対し、まるで本人がそこにいるかのように喜ぶ人たち。結局、人は返ってくる言葉と態度でしか他人を認識できない。魂というのは、他者から観測されて初めて存在できる。

「だから、ライフキャストなんて偽物だと思ってました」

でも、もしかしたら。

「私は、魂の存在を信じることにしたよ」

天上からの光に照らされる中、私は柚崎さんを見送る仕事を続ける。

「もしイノルさんの作るライフキャストが本物なら、そこに魂も宿るはず。そしたら、設定とか、入力した情報とか、そんなのとは一切関係なく、クセを出す気がするんだ」

ぷっ、と吹き出してしまった。

私は柚崎さんの悪巧みに気づいてしまったのだ。

「私のクセについて、あなたは一切何も入力しない。でも私は〝黄昏キエラ〟になって、必ずイノルさんの前で両手を合わせてみせる。そしたら向こうでも元気にやってるって思って」

「期待しちゃいますね」

でしょ、と柚崎さんから最後の反応があった。

私はコンソールを停止させた。

「おやすみなさい、柚崎さん」

幻の柚崎さんは消え、あとには透明な棺桶に収まった肉体だけがある。脳死状態のまま吐き出され続けた言葉たちを、私は全て破棄することにした。

死の一瞬まで情報を吸い上げ、それをライフキャストに込めるのが最後の作業だった。

しかし、柚崎さんの言葉に従うなら、こんなものは必要ない。

あの人の魂は〝黄昏キエラ〟に宿るのだから。

＊

ステージ上では、最後の一曲が流れ出した。

オレンジ色のペンライトが左右に振られ、別れの時を演出していた。

『ああ、寂しくなってきたなぁ』

もうコメント欄を追うこともできない。彼女の旅立ちを祝福する声と、惜別の声が流れ続ける。

『でも終わりにしないとね。最後はやっぱ〝帰り道ラ・スール〟だよね』

ほんわかとした声で、彼女にとっても思い出の歌が披露される。

＊

私は火葬場に向かう前に、透明な棺桶を一度だけ撫でた。

ライフキャスターの仕事を通じて、私は魂の実存を信じてみたくなった。間違いなくそれは、この人と出会えたからだ。

「柚崎さん」

安らかに眠る柚崎さんの顔がある。死相の上に薄い微笑み。まるで死が単なる眠りにすら思える。

でも、私たちにとっては当然なのだ。

「また明日」

私たちは夕暮れに別れても、再び出会えるから。

＊

穏やかな歌声があった。彼女の歌う〝帰り道〟に合わせて、会場で淡い夕焼け色の光が揺れる。

——友人たちと歩いていた帰り道。一人、また一人と分かれ道で去っていく。その度に明日の再会を願って声をかける。明日はどんなことをしようかな。

「そちらは、どうですか」

もうライブは終わる。だから声にして尋ねてみた。するとマイクを握る〝黄昏キエラ〟が私の方を向いた気がした。

「そこにいるのは――」

私の問いかけと、歌の歌詞が重なる。

――暗がりから友人たちが顔を覗かせる。一人で帰るのは寂しいから、最後まで見送ってあげたいから。

『ありがとう』

そして彼女は、胸の前で静かに手を合わせた。

11

自宅で作業をしていると、ソファの裏から父とラルフが顔を覗かせてきた。

「イノルちゃん」

「なに？」

「キエラちゃんの動画見たいなぁ、なんて」

私は溜め息を吐いて、自分のアカウントからアーカイブを操作する。目的の相手は探すまでもなく、ページの最前列にピックアップされていた。

「雑談、歌枠、コラボ。どれ？」

「昨日の配信がいいなぁ」

「はいはい」

私が動画を選んで再生する。プロジェクターから投影された映像が白い壁に大きく現れる。すっかり父もご満悦で、ラルフは眠そうにあくびを漏らしていた。

『はーい、夕焼け小焼けでこんキエラ～。黄昏キエラだよ～』

ニヤニヤと笑みを浮かべて父が彼女のことを見ている。すっかり少年時代の気持ちを取り戻してしまったらしい。

「すごいなぁ、キエラちゃん。今月の配信時間、もう百時間越えてるだろ。人間じゃねぇな」

「死んでるからね」

老いてますます盛ん、という言葉は昔からあるらしいが、死してなお盛んというのは最近になって生まれた言葉だ。活動再開の予定はなし、という言葉も〝現世では〟とつけなくてはいけない。もっとも父によれば「卒業しますは再デビューの合言葉」らしいから、これで良かったのだろう。とにかく、この世間でも大人気な〝黄昏キエラ〟を担当したということで、私を指名してライフキャスティングを頼む人も増えた。ついに仕事を選り好みしなくてはいけない状況になってしまったのだ。

「ねぇ、イノルちゃん。次回はリアルタイムで一緒に見ない？」

「イヤだよ。父さん、私のアカウントでコメントする気でしょ」

「いいじゃんよ、課金とかはしないからさぁ」

私は膝の上に乗ろうとするラルフを引き上げつつ、懇願する父に冷たい視線を送った。

『わはは、死んだら会えますか、じゃねーわ！　ふざけんな！』

笑い声に気づき、私は白い壁に向き直る。画面の中でキエラは人々と交流している。死者も生者も関係なく、誰もが楽しそうだ。

私は、そこにある本物の魂に笑みを送る。

解　説

VTuber・小説家
届木ウカ

本書に収録されている六篇の短篇には、「生と死」「現実と仮想」「信仰と棄教」これら三つの境界の中で惑い、最後には「それらの境界が曖昧なままの世界で、あるがままに生きていく」という共通のテーマがあります。

「オンライン福男」はコロナ禍でオンライン開催となった伝統行事「福男」をめぐる、昨今のメタバースあるあるをふんだんに取り入れた痛快なポストコロナＳＦ。

「クランツマンの秘仏」は親子三代にわたる、中身が本当にあるのかわからない秘仏研究についての、信仰と質量にまつわる架空の記録。

「火星環境下における宗教性原虫の適応と分布」は、宗教が伝播する様を寄生虫の繁殖になぞらえて、火星文明での宗教の氾濫を記したレポート。

「姫日記」は実在のゲーム作品をプレイした日々を基にした、理不尽なバグだらけの世界で天下統一を目指す歴史小説であり、柴田勝家のオリジン的作品。

「絶滅の作法」は人類の絶滅後、外星人により当時の文化圏を再現された地球に移住した宇宙人二人のスローライフ。

そして表題作「走馬灯のセトリは考えておいて」は、死者の生前を再現し駆動するAI「ライフキャスト」を作ることが生業《なりわい》の主人公・小清水イノルが、かつて大人気バーチャルアイドルだった「黄昏《たそがれ》キエラ」を再現することになる物語。

とりわけこの書き下ろしの表題作は、他五篇で取り扱ったテーマの総括とも呼べるかもしれません。

二〇一七年、生身の人間の動きをバーチャルアバターに置換して動画配信を行う「VTuber」がブームになって以降、『VRおじさんの初恋』（暴力とも子／一迅社）『【自己紹介】はじめまして、バーチャル CTuber 真銀アヤです。』（草野原々／集英社）『鈴波アミを待っています』（塗田一帆／早川書房）など、バーチャルアバターを題材にしたSF作品が様々な作家によって発表されました。本短篇集書き下ろし作品「走馬灯のセトリは考えておいて」もまた、バーチャルアバターSFの一つと言えるでしょう。
本解説を担当する筆者は二〇一八年よりVTuberとして活動し、「被造物である VTuberが自らを再出産し肉体を得るまで」を描いたSF短篇「貴女が私を人間にしてくれた」（SFマガジン掲載）で作家デビューした経緯を持つ、いわば「舞台に立つ偶像側の人間」であることから本稿を任されました。

「走馬灯のセトリは考えておいて」はVTuber文化を前提にした作品であるため、バーチャルアイドルや「推し活」の文化についての知識が前提で描かれている描写も多いです。「推し」の経験がある方は本書のさまざまな描写に共感を得ることも多いかと思いますが、そうした新しい信仰文化に馴染みのない方向けには上手く入り込めない描写もあるかもしれません。そこで、筆者がアイドル活動をするなかで「信仰される者」として意識している「推し活と信仰」についての理念をもとに、本作を分析していきます。皆様の読解の助けになれば幸いです。

信仰とは生《せい》への不安感を解消し安寧を得るための手段であり、なかでも他者を推す＝祀るロールは人生をやり過ごす効果的な酩酊ツールです。その感情が酩酊であると分かっていても、全ての信仰を棄教して生きるには人生はあまりに長く、全てに醒めて生きるメリットはあまりに少ない。人間は多かれ少なかれ何らかの存在に酩酊して生きており、それはアイドルのような信仰される側の存在であっても同じである場合が多いです。黄昏キエラがある種仮想的な自殺とも呼べる手段で偶像を演じきれたのは、他でもなく彼女自身もAnneという偶像を信仰していたからでしょう。

アイドルを推すことは生身の人間を偶像化することであり、生きた人間の一側面を誇張して神格化するということは仮想的な他殺と同義と言えます。黄昏キエラはAnneのマネージャー時代、彼女の売り出し方、つまり人格の方向性の誇張に重みづけを行った結果、結果的に自殺へと向かわせてしまい、大きな罪悪感と喪失を背負います。その罪悪感と喪失を雪《そそ》ぐため、黄昏キエラはその人生を賭けて弔いと葬儀を行います。葬儀とは死者の人生に生者が意味付けをするための宗教的儀式であり、それ自体が他者を重みづけする「推し活」であるといえます。

バーチャルアバターSFはこうした信仰の構造を踏まえたうえで、「信仰を暴く者」「信仰を信仰のまま描く者」「信仰を暴いた上で再び信仰する者」といった姿勢の差異や、信仰を集める者のあり方など、それぞれの作家の信仰への価値観が如実に出るジャンルです。

「走馬灯のセトリは考えておいて」においては以上のような信仰の構造を理解している「舞台裏」側の人間・小清水イノルが、偶像である黄昏キエラ、その偶像の模倣先であったAnne、そして自らの父親と対峙したうえで、「信仰の構造を理解しながらその中で生きること」を選ぶ物語です。先述の通り、このテーマは他の収録作品にも共通する部分があります。

押さえておきたいポイントとして、本書の著者の柴田先生は「偶像を信仰する客席側の人間」、いわゆる「ファン側」の人間でありつつも、「信仰の構造を把握した上でその構造ごと愛でる」さまを描いています。

柴田先生自身は決してただの敬虔な信徒ではなく、長きにわたる信仰活動（推し活）の中で「崩壊」（アイドルやメイドカフェでの卒業、引退、炎上）に何度も遭遇していることをエッセイでも告解しています（『柴田勝家、戦国メイドカフェで征夷大将軍になる』／集英社）。それでも信仰を捨て去ることなく「信仰の構造」ごと偶像を愛し続けることを選んだ側の人間です。本書収録作品「姫日記」でも、バグだらけの理不尽なゲームに苦しめられ、何度もリセットさせられた不条理な日々すらも「面白かった」「戦国時代、大好きだからな」と丸ごと愛してしまえる柴田先生の人間性が垣間見えます。本人自ら「柴田勝家」という戦国武将のロールを演じ続けていることも、その「あるがままを受け入れる信心」に寄与しているかもしれません。

「走馬灯の〜」のラストでは、生者もライフキャスト（ライフログによって再現された死者のＡＩ）も一緒くたになりライブを楽しむ情景が描かれます。本稿を執筆している二〇二二年秋現在はちょうど画像生成系ＡＩが次々に公開され、コンセプトアートやファインアート、アニメ調イラストが自動生成でほぼ事足りるようになり始めたアートの過渡期と言えますが、既にSNSではイラストレーターの肉筆の作品と自動生成のイラストがタイムラインに入り交じり始めており、本作品の結末である「生者と死者が入り混じる世界」もいずれすぐに訪れるであろうことが予見されます。現在もＡＩイラストがイラストレーターの仕事を奪うのではないか、差別や偏見を再生産するのではないかなど、倫理や権利について日々議論や論争が行われています。

小説においてもＡＩ執筆の洗練度が上がり、ＡＩで書かれた短篇の応募も受け付けている文学賞も出てきている昨今。技巧や知識が共通のデータベースになり、文芸誌や新人賞、書店の平積みスペースに小説家の肉筆とＡＩの自動生成小説が並ぶ時代が来たとき、人々は何に価値を感じて肉筆の、またはＡＩの小説を買うのでしょうか。記録としての絵画が一度写真にシェアを奪われ、新たな価値を担保するようになったのと同じく、小説もＡＩ小説と肉筆小説で異なる価値を持つ時代が来るかもしれません。そんなとき柴田先生の「信仰」は、肉筆小説において独自性の強いパフォーマンスを出せる武器になるのではないでしょうか。そうした未来を期待させる作品集です。

初出一覧

「オンライン福男」『ポストコロナのＳＦ』ハヤカワ文庫ＪＡ、二〇二一年四月刊
「クランツマンの秘仏」〈ＳＦマガジン〉二〇二〇年十月号
「絶滅の作法」〈ＳＦマガジン〉二〇二二年二月号
「火星環境下における宗教性原虫の適応と分布」〈ＳＦマガジン〉二〇二一年六月号
「姫日記」〈ＳＦマガジン〉二〇一八年六月号
「走馬灯のセトリは考えておいて」本書書き下ろし

著者略歴　1987年東京都生，成城大学大学院文学研究科博士課程前期修了，ＳＦ作家　『ニルヤの島』で第２回ハヤカワＳＦコンテスト大賞受賞　著書『クロニスタ　戦争人類学者』『ヒト夜の永い夢』『アメリカン・ブッダ』（以上早川書房刊）他

HM=Hayakawa Mystery
SF=Science Fiction
JA=Japanese Author
NV=Novel
NF=Nonfiction
FT=Fantasy

走馬灯《そうまとう》のセトリは考《かんが》えておいて

〈JA1537〉

二〇二二年十一月二十五日　発行
二〇二四年　三　月二十五日　二刷

（定価はカバーに表示してあります）

著者　柴《しば》田《た》勝《かつ》家《いえ》
発行者　早川　浩
印刷者　西村文孝
発行所　株式会社　早川書房
郵便番号　一〇一 - 〇〇四六
東京都千代田区神田多町二ノ二
電話　〇三 - 三二五二 - 三一一一
振替　〇〇一六〇 - 三 - 四七七九九
https://www.hayakawa-online.co.jp

乱丁・落丁本は小社制作部宛お送り下さい。
送料小社負担にてお取りかえいたします。

印刷・精文堂印刷株式会社　製本・株式会社フォーネット社

ISBN978-4-15-031537-5 C0193

本書は活字が大きく読みやすい〈トールサイズ〉です。